“砍手党”的城乡之路

COUNTRY ROAD TO NOWHERE

傅剑锋 著
安海波 摄影

南方日报出版社
NANFANG DAILY PRESS
中国·广州

图书在版编目（CIP）数据

“砍手党”的城乡之路 / 傅剑锋著 安海波摄影. — 广州 : 南方日报出版社, 2013.10
ISBN 978-7-5491-0897-8

Ⅰ. ①砍… Ⅱ. ①傅… ②安… Ⅲ. ①纪实文学－中国－当代Ⅳ. ①I25

中国版本图书馆 CIP 数据核字(2013)第 178966 号

“砍手党”的城乡之路　　傅剑锋 著　安海波 摄影

出版发行：南方日报出版社
地　　址：广州市广州大道中 289 号
电　　话：（020）83000502
经　　销：全国新华书店
印　　刷：广州市怡升印刷有限公司
开　　本：16 开
印　　张：10.5
字　　数：200 千字
版　　次：2013 年 10 月第 1 版
印　　次：2013 年 10 月第 1 次印刷
定　　价：25.00 元

投稿热线：（020）83000503　读者热线：（020）83000502

网址：http://nf.nfdaily.cn/press/

CONTENTS
目 录

附录

| 序 言 |

傅剑锋以及他的“砍手党”

先谈谈我对傅剑锋的印象。

第一次见到剑锋真人，是在拍摄“走读南周”期间，之前读过他的很多具有深度的调查报道，见识过他文笔的流畅与观察的锐利。

“南周”文体经过了几代南周人的持续努力，已自成一派，独树一帜。这所中国新闻界的“黄埔军校”，培养了不少精英，傅剑锋只是其中的一名，七〇末的新闻从业者能如此执着努力，在我们可以想象得到的政治话语环境之下，并不是一件容易办到的事。

这本书是作者对将近六年的一次城乡冲突调查的小结。起于傅剑锋在南都供职的2004年底，终于作者本人将离开南方周末的2011年8月，其间历经波折与惊心动魄，欲以跟踪中国农民工这个沉默群体的命运，来呈现大时代的一个横断界面。

根据作者自述，这篇长达六年的持续跟踪采访报道的内容，虽然后来在《南方周末》发了《城市里的陌生人》两万余字的调查报道，但作者仍然觉得不够系统。在离开南方周末后，虽然杂务缠身，但情结难了，现在终于把报道变成了小书。在给我的私人信函中，傅剑锋认为，这篇文字，在样本价值上，可能并不亚于《中国在梁庄》。

在拜读傅剑锋的心血之作之后，我深以为然。

我对年青而有冲劲的新闻同行，素有好感，傅剑锋是其中的一位。数年前，我与我的伙伴们一起走进南方周末，拍摄“走读南周”，也先后采访过历届南方周末的主编们，对那句“总有一种力量让我们泪流满面”的话语印象极为深刻。

因为众所周知的原因，那期“走读南周”最终无法顺利播出，现在还静静躺在凤凰的资料库里，何时能播出，不得而知，但那是我在南方周末二十五周年之际，近距离走进南周，走进几代南周人，试图用摄影镜头为这一群矢志不渝、有理想有献身精神的人们做的一次影像记录。那时的傅剑锋还不是镜头前的主角，但他和他多年来的作品，一直为我所关注。我甚至未曾想到，这支健笔，竟是七〇末的浙江绍兴普通人家子弟，竟是毅然辞去在浙江的稳定工作，只身南下，从最普通的记者做起。这一点毅力和意志，令人刮目相看；这种义无反顾的勇气，在他从事一线深度报道记者的字里行间，都可以触摸到。这本书自然也将这种冷峻，热情，深邃的洞察力贯穿于始终。

急速变动和转型的中国，正处于一个百年来，甚至是前所未有的历史关键转捩点之上，它未必是纯色的，譬如人们经常使用的二分法，非此即彼，非红即白，或黑或白，无法完整客观展现出时代的风貌。我们深知，在中国社会不同阶层的横断面或纵深面上，广泛存在着灰色地带：灰色政治、灰色经济、灰色社会的潜规则，以及难以一一展开的灰色。灰色的深浅不一，层次不一，显示出中国社会各个阶级，各个阶层的错综复杂性。

主旋律的倡导者，总乐意使用更多的音标和音符，去尽力展示一个大时代的五彩缤纷，但其实，更能展示一个大时代风貌的，并不尽然是五彩缤纷，还有阳光照射不到的阴影处，那是个角落，未必是五彩缤纷所能呈现的角落。却又是需要人们去关注，去探究，去深思，去走读的角落。无数这样的角落，这样的温江村，这样的“砍手党”，这样的阿星，才能构成我们这个社会的基本原色。没有他们的存在，他们的出现，他们的铤而走险，他们的灰色人生，我们的五彩缤纷就缺乏了足够的令人信服的光泽。

当下的新闻从业者的生存状态，并不尽如人意。很多从业者，选择了随波逐流，顺水推舟，甚至于浑浑噩噩，或者追名逐利，或者心态浮躁，追求的是众声喧哗的狂欢，徒有虚名的光环，真正愿意静下心，让自己时时刻刻接着地气，去挖掘，去发现人性残存的余晖的新闻从业者，还真的不多。

作者采访手记的标题，让我肃然起敬：去做与这个时代相衬的事。放眼当下，谁愿意对一个新闻专题，持续观察五年，继而采访，调查，收集素材三个月，再就是我们可以想象得到的整理、思考、沉淀之后的奋笔直书，足足写了两个月，并在被冷藏了四个月之后，二十多万字的素材浓缩为两万字签发排版印刷，得以与读者见面？

一般人做不到，我也未必能做到，但作者——傅剑锋，这位七〇末的小伙子做到了。我敬佩他的执着，敬佩此书的来之不易，至少我能理解这其中的酸甜苦辣和心灵深处的备受熬煎。

如同作者所言："这是对中国的新生代农民工犯罪何以占城市犯罪三分之一的观察，这是对'永远跳不出打工这个圈'的2亿劳工的观察，是对那些走向失败人生的个体的观察。"观察而已，即使也只是观察，但这种观察需要出离心，需要冷峻的态度、冷峻的笔触、冷峻的思考，冷峻中含有心灵必须承受的艰重，冷峻中还必须时时抚慰自己跌宕起伏的沉重。

作者自始至终是清醒而冷峻的，他对自己发问：

"作为媒体从业者，我们能写出与这个伟大而复杂的时代相衬的东西吗？能真正为记录、解释这个时代提供有分量的东西吗？能把'易碎品'做成经得起时间与思想检验的东西吗？

在过去的时代，曾有不少颇具历史自觉与公共情怀的记者，写出与时代交相辉映的东西。而我们，虽身处于信息奔涌与新闻力量都超越其他任何时候的时代，却也迷失于浮躁、跟风、追逐新闻泡沫的庸常中。所以，我时时以反省自励，我不敢说我是否做到了他们的万分之一，但以此高标为志业。"

且不论作者为此非虚构的中长篇报告文学所付出的心血，就这一段自问的话语，也足以证明这本书的出版和它的内容，是值得郑重推荐的。

我之所以郑重推荐这本非虚构的中长篇纪实性的深度调查报道，还因为傅剑锋出身南方报系，先后在中国新闻改革开放的南方报业传媒集团的南方都市报、南方周末任职，一个是被我誉为中国新闻人的"铁军"，一个是被我尊为中国新闻人的"黄埔军校"。我与南方报业传媒集团的同仁们，有一种挥之不去的同道中人的情愫。在南方承受着诸多可以理解和难以理解的政治压力之下，我对南方人，无论是否还在坚守中，或者不得已离开的南方人，感情上有一种特殊的偏好。

我毫不犹豫地答应傅剑锋，在极为繁忙的工作之余，一挥而就了这篇文章，以作为对南方人的一种持续的精神支持与理念认同。

但愿傅剑锋在不同的工作岗位上，也能一如既往地作为南方精神的坚守者，写出更多接地气、说人话的好文章来。

是为序。

新媒体人　杨锦麟

2013年端午节

上部 | 穷途

第一章　工厂：绝望杀手

许多年之后，我仍然无法忘记那个紧张、颤抖的声音。

那是在2005年7月9日傍晚6时30分，我正以南方周末记者的身份在北京出差。一个深圳的固定电话拨进我的手机，电话里说的第一句话就把我吓住了："傅记者，我完了，我杀了一个人，工厂里的主管……"

打工者阿星怎么会去杀人？我难以置信。"我真的杀人了。你现在能过来吗？我想要你陪我去自首。"阿星说。

阿星的话像锥子一样扎到我心里。七个月以来，我曾一直想把阿星从善恶边缘拉回来，但事实表明，我失败了。懊悔、内疚，百般滋味涌上心头。我那时唯一能做的也许就是陪他去自首。我告诉他"还在北京出差"，许诺可以从北京乘机当晚飞回陪他自首，到深圳大约要三四个小时。

"那就不用了。我要么晚上，或者明天，再去干一单，然后逃到越南去算了……身上只有几块钱了，饭也没吃，衣服上还有血腥味，我已经不成人样了，我不想撑下去……"阿星开始情绪失控。他的家乡广西温江村，离越南只有30公里，他对越南的逃跑路线可能真的轻车熟路。

我劝说他"绝不能再干傻事"。考虑到他情绪不稳，我想到让南方都市报深圳站的记者就近陪同他去自首。另又让南方周末的同事从广州赶过去劝说阿星。

我认识阿星起因于七个月前对深圳“砍手党”事件的调查。

2004年12月22日夜，深圳市宝安区公明镇马田村的闹市砍手抢劫事件爆发——打工者余富兵被19名手持砍刀的年轻劫匪抢劫，手被抢劫者当街砍落。当时他只急着去追被抢的提包，追了一阵后，才发觉手被砍落于地。此后不久，广州市天河区又在大白天发生一宗类似的抢劫案，女工何爱华的挎包被砍，手也被当街砍落，包中其实只有20元。后来警方破案，得知广州砍手劫案两名案犯均来自广西钦州农村，深圳的砍手者也来自广西农村——天等县上映乡温江村。

这是珠三角地区社会治安声名最狼藉的时期。2004年底至2005年初，孙志刚之死导致收容制度废除。原来被掩盖的诸多治安管理漏洞，以及外来人群对本地人的不满，全面地爆发出来。外来人口集中的珠三角多个城市陷入治安混乱，尤以深圳市关外的宝安区为甚，广东省公安厅调动数千武警前去维持秩序。本人的一位武警朋友，就在其时其地查出了一出租屋里的多支AK47冲锋枪。枪案等暴力犯罪一度频仍，仅以我其时正供职的南方都市报深圳记者站每天接到的电话报料为例，深圳宝安区每天至少会发生一宗以上的枪击案。

其时，南方都市报记者丰雷采访了一名深圳“砍手党”成员，这个犯罪者看起来身体孱弱，大约十七八岁，无法想象就是这样的人去砍人手脚，且常常只是为了抢几百元钱。丰雷问他：“你看起来很年轻，你怎么下得了手？”其人答：“（犯罪的）人多了，就砍了。”又问：“看你这样年轻，为什么不好好打工，却去干抢劫？”其答：“以前也打工，后来看到我们整个村的年轻人都来珠三角抢劫，我也就跟着抢了。”这名犯罪者所说的村庄，就是广西温江村。

深圳警方查明，由19人组成的这一抢劫团伙，都来自温江村，年

■村里留守的孩子很多。许多因为父母到广东这边来打工了，还有许多却是因为父亲被抓进了监狱。

龄最大的20岁，最小的仅17岁，采用砍手、砍脚等作案手段抢劫。在深圳市宝安区公明街道办合水口、马田一带，一年时间内先后犯下25宗劫案，砍伤路人12名，抢劫了大量手机、手提包和现金。

在犯罪者与记者的对答中，最令人震惊的是“整个村庄的年轻人都出来抢劫”这一信息。其时正供职于南方都市报的本人，遂决定去这个“砍手党山村”一探究竟。

2005年1月，我来到了温江村。此村一眼望去，四围皆山，有很多没人住的砖房，青壮年都外出打工去了。刚进村时，没人听得懂我的普通话，我感到村民们观察我的目光带着敌意、警惕，令人心里发毛。刚巧碰到一位年轻的村民过来，看起来衣着整洁，颇似从外面打工回来的。我就上前问路，他定定地看了看我，反问：“你是卖洗发水的吗？”原来，他看到我背个包，以为是搞推销的。

但后来经过数天，我慢慢融入这座村庄。发现这些村民并非是我预想的凶悍，看起来似乎淳朴、善良。这里人均月收入不足百元，村民们只有两条出路，要么去附近县挖矿，要么去广东打工。我曾跟着村民去看他们挖矿的地方，在几十里路外的土湖乡锰矿区，他们用锄头、钻机等简陋工具，挖出一个个洞；然后，头上绑一支手电筒，猫着腰，用小推车把矿土一车车拉出来。他们往往都在这些私矿黑矿打工，矿洞没有支架，也没有排风系统。我曾试图走进一个百来米深的矿洞，刚走到几十米后就有窒息之感，遂仓皇退出。但许多村民为了挣钱，不惜把命赌在这些随时可能塌方的矿洞里。

"我们这里太穷了，命就不值钱了。"其时的村支书冯成金叹气。

在村口有一所破落的学校——温江村小学。曾经在珠三角一带令人丧胆的"砍手党"悍匪，多数曾在这所小学读书。

这包括曾被深圳警方列入"砍手党教父"的赵民显、"砍手案"成员许国亮、在警匪枪战中被击毙的许国定、因抢劫被捕的黄海清等温江村年轻人。校长张有勋很沉重地说："他们读书时和其他小孩没什么区别，长大了后在家里也都是很老实的人，不知道为什么到了那里（指广东）就变坏了。"张有勋认为他们最大的共同点是"家里穷，上不起学，很多人小学都没读完就出去打工"。

冯成金介绍，十多年前，温江村有力气的人基本都去广东打工，所以村里最漂亮的两座房子都是早年打工的人赚来的。但现在温江村人感到，在广东打工已经越来越赚不到钱。十年间物价涨了不少，但广东的工资和十年前一样，甚至还没有十年前高。所以，全村大约70%的青壮劳力都打矿去了，像许国亮的父亲和哥哥、许国定的哥哥都挖矿去了。因为挖矿每个月少则能赚八九百元，多则能赚一两千元。

但这种赚钱的活并不是像许国亮这样的年轻人愿意干的，因为打矿给他们留下了恐怖的记忆。

黄尚林家20多岁的儿子黄海亮就是在打矿中被压死的。2002年将近年关时，新婚不久的黄海亮为了还结婚所欠的几千元钱，决定受雇于大新县土湖乡的私矿老板，但几天后他就殒命于塌方的矿洞中。“命不值钱啊，老板只给了800元安葬费。”50多岁的黄尚林坐在到处破裂的黄泥土房里一边回忆一边叹气。这件事使他下定决心，决不让第二个儿子再去打矿。所以他的二儿子现在到广东打工去了。

几年下来，全村打矿被压死的人数已经上升到16人。村里在打工与打矿方面也出现了分野：有了家室或者马上想成家的青壮年男子为了养家糊口，更愿意去冒死打矿；而像许国亮这样20岁左右的年轻人，害怕打矿的风险，并且向往城市的生活，一般喜欢到广东的大城市里去博一把。

村支书冯成金让我看他的铁盒子里厚厚一沓逮捕通知书，向我长吁短叹：“这些小伙子，在家都好好的，为什么到深圳就变成坏人了呢？”

也在此时，我在温江村口的树下碰到了阿星。那时的阿星高个子、长发、牛仔裤，帅气的脸，更像一个城里男孩。但他脸色蜡黄，带着一种20岁的年轻人不该有的沧桑和疲惫。从他一身都市化的穿着，可以断定是在外打工回来的，我就过去和他攀谈。果然，他是刚从东莞的五金厂里辞工回家的。

他很坦率地告诉我，他和在深圳抢劫“犯事”的那些同村人，不是从小玩到大的同学好友，就是表兄弟堂兄弟之类的亲戚。

他向我诉苦，他从15岁到19岁的时光，主要是在深圳和东莞的工厂中度过的，每天工作时间超过12个小时。“除了春节可以休息六七天外，平常一个月都不一定能休息一天。但即便这样，一个月的工资也只有几百元。”他自认为“活得很窝囊”。

■山岱屯是温江村的村委会所在地，村委会和温江村小学隔路相对。

村小学的外墙上新刷了法制宣传语。几个学童在课间爬上架子，不知道在想着什么，看着什么，聊着什么。

每说一句话，阿星几乎都要咳嗽一次。“厂里的工作太累，永远觉得睡不够，所以身体被搞坏了，”他解释，“这次能这么早回村，就是因为身体扛不住了才被准假。”

阿星当时的一句话几乎令我垂泪。他说：“我最大的梦想是能找到一份每天只干8小时的工作，工资能有500元就满足了。”

他当时在某种程度上有点像“砍手党”的“新闻发言人”。他很真诚地为他们辩解：“他们在工厂里像我一样，有点过得不像人样。他们原来都是好人，走上这条路是不得已。如果他们能找到份稍稍好点的工作，怎么愿意去走这种不归路呢？”

那时，阿星还称，那一批在“干那种事”的温江村人，在此前一年曾数次到东莞去找他，想找个住的地方，他们的生活过得像流浪汉一样。“厂里管得太严了，我根本没有办法给他们安排住”，但出于老乡义气，阿星拿出身上仅有的七八元钱，买了四碗米粉给他们吃，他们都吃得狼吞虎咽。“我对他们很好，他们对我也很好的，从来没有要求我和他们一起干，因为他们也知道，我有这么一份工作不容易。”

对于温江村人抢劫的残忍手法，阿星也有自已的独特的理解：“在某种程度上，打工者都会比较看不惯一些不可一世的城里人，有时候很想找个机会报复一下。”使他产生这种情绪的事包括在几年前因为没有暂住证被关被罚款的事，包括他的朋友无辜被保安员打残的事，包括城里人像他的年龄可以读书而他必须每天12小时呆在工厂的事，“这些事有时会让人憋一肚子气”。

尽管如此，他说他已经离不开城市了，“农村的生活不习惯了，像我这种在城市里打了五六年工的年轻人，都不可能再习惯农村的生活。”

阿星还告诉我一个令人震惊的数字，在广东珠三角一带抢劫的温江村青年，有百人左右。这个村的年轻人也就四五百人，这个数字听起来似乎有点夸张。但村里的一些知情者承认这个数据并不显失实。我在当年警方透露的犯罪数据中，发现了至少有21名温江村青年因抢劫被捕或击毙，温江村所在的上映乡，在当年共有40余名年轻人因抢劫被捕或被毙。

阿星认为他们走的是条不归路，自称珍惜手中的工作，准备病一好就回厂里做工，“怎样也比抢劫强啊”。我表示同意，并认为他为“砍手党”们的辩解难以成立。在城市里，只要你有手有脚，谋生并不会成为问题。就在准备与阿星告别时，他一句貌似反驳的话把我震住了：“如果有一天，工厂把我辞了，或者工厂倒闭了，我又找不到工作，我甚至连回家的车票也没有。我走投无路了，我就只有跟着他们去抢！”

我在一瞬间明白，这个看起来简单阳光的打工男孩，其道德防线何其脆弱，用暴力来保障生存，或许已经在他那样的一些温江村打工者中成了条件反射。他本性似乎并不坏，但似乎徘徊在善恶边缘，我得把他拖出来。于是，我给了他名片，告诉他“有任何困难，都可以找我，但绝不能走犯罪的路”。

之后，“砍手党山村”的报道在2005年1月的《南方都市报》刊发，不少人感到震惊，也开始反思城市如何善待农民工的问题。也有网友去温江村，帮村里修起了一段公路。阿星在2005年春节去了汕头打工，他在该年3月6日进入郑则凯织带厂打工后，就把消息告诉了我。此后也经常打来电话，他在电话中自认为是村里很难得的正经打工的年轻人，他不想去伤害别人，不想走不归路。但阿星也会在电话中显得焦虑，说“老乡是一张网，你摆脱不了的”，他害怕身不由己卷入其中。不管在深圳、东莞，还是汕头打工期间，阿星唯一的人际交往圈只有老乡，他觉得城里人看不起他们。他把我当作“唯一的城

■阿星的堂弟阿才。

这是个小型织带厂，白班三个人，晚班三个人。每人各管5台机器，一整个班下来都很少与其他人交谈。本来要求与一同进厂的朋友做同一班，老板不同意。

“刚进厂的时候老板扣下一部分工资，答应年底给”，过年前还是没有拿到钱。阿才说：“那就算施舍给他吧！反正又不是第一次施舍！我这算少了，在另外一个厂，一进去就注定要丢四十五天的工资。”

阿才跟我说总想回老家过年，“在家里，可以睡到自然醒”，但到新年过完也没能回去，“不敢回，连车票都买不起。平时回一趟的车票是230元，现在已经涨成580了。”

里人朋友”。

那时，他特别希望离开广东，反复向我强调如果能在外省“找到一份每天只要工作8小时、一周能休息一天的工作，工资500元就很满足了”。好运似乎真的向阿星奔来。被《深圳“砍手党”来自小山村》打动的山西省运城市中级法院法官卫彦虎，致电于我表示愿意帮助阿星找这样一份工作。从2005年3月份阿星在汕头打工后，卫彦虎就和阿星通过网络视频聊找工作的事。讲到去山西工作的细节时，阿星说：“我从小都没坐过火车，有点怕。”卫彦虎回答：“我会来接你。”

阿星看到了希望，他打电话与我聊起了未来：“等以后安定下来，我还想开家商店。我爸爸存着钱不肯给我做生意，说要以后给我讨老婆用。可我实在不想一辈子打工，想有些新的出路。”他们的父子关系，自从阿星15岁来深圳打工后，就没再好过。

在这一年，阿星与父亲闭伟宝的冲突尤其激烈。这一年，温江村的抢劫者因为受砍手党事件影响，大量被捕。闭伟宝担心儿子受到这些老乡的不良影响，逼着阿星必须离开深圳与东莞，到汕头去跟着堂叔赵民贞学织带技术。阿星并不情愿，在吵了许多次架后，他和弟弟阿海不得不投奔堂叔赵民贞，到汕头来打工。此后，他和弟弟打工攒起来的钱，都被父亲要求寄存在赵民贞那里。

但在阿星的眼里，汕头的老乡并不比深圳好，有一次他在电话里向我抱怨，“这里的老乡也好不到哪里去”。当我具体问他到底不好在哪里，他又似有顾虑，闭口不言。

到了2005年6月份，阿星惊恐地给我来电：“我表弟也因为抢劫被抓了。家里说，前些天村里来了不少广东警察，又抓了三四十个在广东抢劫的。半年以来，已经抓走了100来人，还有100多人在外面流浪和抢劫。唉，他们的前途在哪里啊？”我除了安慰他，也别无它法。

在此期间，卫彦虎法官因为工作变动，与阿星联系少了。阿星很焦急，给卫彦虎的QQ发送信息：“卫叔叔，你不要我了吗？”杀人事件后，卫法官想起阿星的这句话就很内疚：“那段时间比较忙，就没有很在意，没想到阿星会把全部的希望都寄托在这上面。”

被“砍手党”卷进去被捕的温江村人越来越多，阿星越来越焦躁。

该年7月初，阿星连续数次致电，其时我正在北京出差，他更为迫切地想找一份省外的工作。

同年7月6日晚上，他电话告诉我，汕头的那份工他做不下去了，如果走投无路，他将“不得不加入砍手党”。我听了很着急，由于无法去汕头劝导他，所以只能一边在电话里安慰他，一边想着能够阻止他产生恶念的方法。其时，恰逢我与中国青年报记者何磊约聚，我就说服何磊，《中国青年报》作为一份青年人的报纸，理应关注那些命运飘忽的新生代打工者。挣扎在善恶之间的打工者阿星，尤其应值得被关注与关心。我希望何磊的采访，能帮助阿星树立向善之心。

第二天，何磊就飞赴汕头，与阿星见上了面。

同年7月9日上午，我致电何磊，有点放心不下扬言“要加入砍手党”的阿星。何磊说不用担心，他也劝慰了阿星。他唯一不满的是，觉得在7月8日夜里采访阿星时，“阿星有点怪怪的”，眼神老往窗外看。后来令何磊回忆起来仍时时惊悸的是，就在他采访阿星的那个晚上，阿星刚捅杀了管工郑炳荣。

2005年7月9日晚上9时许，因我的请求前去陪同阿星自首的南方都市报记者姜英爽等人，在公明广场的一间公用电话亭旁见到了阿星。

在姜英爽的眼中，阿星个子很高，瘦瘦的，“棱角分明的脸笑笑的，像个孩子”，一双不太合脚充满污垢的皮鞋。他乖乖的样子，配合的表情，“无论如何，也和我想象中的杀人犯联系不起来”。

“见到你们，我很踏实。”阿星握了握姜英爽的手，又指着自己的衬衣说：“还飘着血腥味。”

他一直在逃亡路上，已两天没进食，想找个地方坐下来吃点东西。姜英爽带着阿星去了附近一家咖啡厅。尽管阿星很饿，但面对食谱，却不知道点什么好，“我没进过咖啡厅，也不知道这里有什么好吃的。只想吃点米粉。我们老家的米粉可好吃。”姜英爽就点了一桌子菜，大家都很饿了，但似乎谁也吃不下去。

接下来的两个小时里，他很冷静地讲了杀人的经过。其间，总是

汕头市潮南区峡山镇广汕路是交通要道。夜深人静时，唯有喝夜啤酒的打工者，穿行在红红绿绿的、大得有些夸张的内衣广告牌下面。

情不自禁地撩着有些长的头发，间或笑一笑，如同在讲述别人的故事。

在阿星的那番讲述里，管工郑炳荣是个脾气暴躁的潮汕本地人。他称是因为“喝堂叔小孩的满月酒，酒醉后旷工被‘老头子’（郑炳荣）开除”，又拖欠他近千元工资。他在宿舍里收拾行李准备走人时，管工又过来监视。他还称管工在当时用“脯你母”等潮汕话辱骂他，他忍无可忍，就操起宿舍里的几把刀，往管工身上乱砍。杀人后，他自称搜走了主管身上的400元现金。

阿星之所以要往深圳公明镇逃跑，是因为在所有的城市里，他对深圳公明最熟。他从家乡最早来打工的地方就是深圳公明。其时，他的父母一直在此地打工，已逾十年。那一天，他告诉姜英爽：“我的父母都在公明打工，但我不想让他们知道。我现在只相信傅记者了，他是我唯一的城里人朋友。”

阿星想休憩一晚，第二天再去自首。姜英爽等几位记者说服了他，须当晚去自首。但他提出，不想去公明派出所自首，因为自己的父母在。他不愿意看到他们哭，“我这辈子不能看到女人哭。我不想让他们难过。妈妈如果知道了，肯定不会让我自首，会给我钱，让我逃走。”

姜英爽拨打了110，接警人员建议可带阿星回南方都市报深圳记者站，到辖区内的深圳圆岭派出所自首。

的士进了南头关，在深圳公明这一城郊地区生活多年的阿星，望着车外感叹：“这是我第一次到深圳市内来，也是最后一次。”

7月10日凌晨1时许，他们到了南方都市报深圳记者站。阿星提出的唯一的要求是：洗头。

阿星在洗手间洗了20分钟头。他觉得身上的血腥味终于少一些了，就坐下来讲起不堪往事。他觉得人生很荒谬，他从深圳公明到汕头打工，就是为了挣脱“不良”老乡的影响，“可是最后，一个不小心，我还是跟他们一样了。”

在警察到来之前，他和姜英爽聊了将近一个小时。阿星自称他平日脾气很好，管工骂他也不生气。“你可以去问所有认识我的人，他们都说我脾气很好，从来不怎么生气的。他们绝对不会相信我做了这样的事情。可能当时就是觉得很绝望，工作又没有了，以后又要去找工，又不给我钱，还要骂我，我应该是失去了理智吧。”他绝望于他的城市经历都是永无休止的打工，“织带，织带，全部是织带。我所有的工作都是织带！刚开始是一个月三四百，现在每月可以挣七八百块吧。”他甚至认为：“如果每天不是工作12小时，一个月能够休息一天，我想我不会走这条路。我来了四个月没有休息过一天，我只是希望每个月能够有一天假期。”

他在城市已生活5年，但又觉得城市离他太遥远，“我觉得城里人就是那个高楼，高到天上去了，我们在下面仰望，看得帽子都掉下来了，都看不到人家。”

他还说到，不只是城里人看不起他，工厂老板看不起他，连一些老乡也看不起他。

姜英爽问他：“是哪些老乡？”他答：“是那些抢钱的老乡。他们会觉得我这样打工只赚几百块钱，是没有出息。”在他眼中，老乡群体极其不堪，“身边没有几个是正当的”，他也看惯了他们砍人。他在聊到这个群体对他的影响时，与姜英爽（以下简称“姜”）有如下一番对话：

姜：你觉得你跟他们有区别吗？

阿星：没有了。我好像逃不开这个网。

姜：你觉得你在这个网里面？

阿星：我们那里的人都在这个网里面，挣不开的。

姜：你知道的同乡有多少去抢劫犯罪？

阿星：好几百个。

姜：你知道的就有几百人可能会重复你的经历？

阿星：不是可能会，而是已经做了，正在做，或者马上要做的。

阿星觉得自已会被判死刑，他要姜英爽转告父母，千万不要让弟弟阿海再受老乡影响，走他的老路。他对家乡和“掐不脱的老乡网”无比绝望：“如果我死了，我希望下辈子不要生活在我们那里。我们那里都是刀光，我想离开得越远越好。”

■这是公明镇（现光明新区公明街道）的汽车总站，接收着从外地来深圳公明镇打工的人，也从这里送走返乡的人。

夜越来越深，姜英爽准备回家了，刚才还镇定对答的阿星，忽然惶恐地抓住她的手："姐姐，你就不能陪我吗？"姜英爽哭了，潜意识里，她很难相信这个孩子会杀人。

午夜1点35分，警察赶来了。临行前，阿星要求和我电话告别。其时我尚在北京，因过度疲倦睡着了，没听到来电。第二天我飞到深圳，阿星已经被送进看守所，无法见到亦无法相问：你明知是不归路，为何还要往下跳？

阿星打工的峡山镇，位于广东汕头市潮南区，是汕头市最富有的工业城镇之一。得益于广东在改革30年的引擎式优势，这里的许多乡镇抖落泥土，也搭上了加工业的便车高歌猛进。峡山镇尽管只有17万本地人，却有约近7万外地人为它打工，每年的GDP增长速度高过这个国家的平均GDP数倍，上千家企业每年创造着数十亿的产值。

站在玉峡古塔处，俯瞰峡山镇，整个城镇就像前半身是宝马车后半身是拖拉机的怪物。

马路上尘土飞扬，两边厂房与高楼混杂，搔首弄姿的内衣美女广告牌四处林立，阳光下的星级宾馆与夜总会招牌金光闪闪。这里最好的宾馆，都会带一个"金"字，金佳诚宾馆、金苑宾馆……但峡山镇的后半身是高楼后面勉强保存的潮汕式老厝（老房子）和肮脏的城市内河。有点钱的村人都搬出去住楼房了，老厝一般都是村镇里的穷人住，或者租给了外地打工者。阿星就住在峡山镇南里村郑则凯的老厝里，这是郑则凯织带厂的工厂宿舍。这是"四点金"老厝的一间侧房，十余平方米，阴暗狭窄，除了阿星还住着师傅覃飞东。整座老厝一共住着5名工人，这也是郑则凯织带厂的全部工人。织带是女性内衣的辅料，在峡山镇这样的小厂有几百上千家，为更大的内衣厂提供这类半成品。

有时与工人们住在一起的还有管工郑炳荣。

郑炳荣虽然是阿星眼中看不起他的“本地人”，但其实也是南里村的穷人。他是村里少数几个没有手机的人。在2005年，他已经52岁了，在南里村，这已经是一个老人享清福的年龄了。但他正承受着生活的重压，大女儿在汕头大学读书。他把老厝中的房子租出了几间，一家人挤在另两间房子里。全家人的打工所得，以及老厝租金，都用来供大女儿读大学。

在郑则凯织带厂，普工们的基本工资是500元/月，2.5元/小时。只有每天工作超过12小时，工人们每月才可能挣到千元左右。潮南区的工资水准普遍如此。这看起来低得可怜，但在工厂老板们看来，“你不愿意干没关系，想来干活的人多的是。”并且，如果工厂没给工人们班加，工人往往还不满意，因为这意味着每个月的工资将只有五六百元。作为管工，郑炳荣的工资略高于普工，每月千余元。他挣这笔钱也不容易，除了要对工人们作日常管理，每天一早，他还要跑到郑则凯老厝那里为工人们做一日三餐。

在警方的调查中，1号织机的针机工阿星与郑炳荣在平日并无矛盾。阿星在老板郑则凯的眼中是个顺从与勤劳的广西打工者。阿星自从2005年3月6日来工厂后，差不多每天都干12小时以上，半个月白班半个月夜班。但他从不像其他20岁上下的小青年那样动辄喊累。

阿星平日话不多，说事时细声慢语，嘴角还会挂着善意甚至谦卑的笑。郑炳荣认为这伙子不错，就向老板提出给阿星提工资。老板郑则凯同意了，从2005年6月之后，阿星的工资从2.5元/小时涨到了2.7元/小时。当然，作为管工，郑炳荣有时也会骂人，“脯你母”之类的潮汕脏话冲口而出，但阿星从不回嘴，最多也是委屈地笑一笑。郑炳荣的小女儿郑爱璇认为，父亲对阿星没有什么恶意，相反甚至对阿星有些长辈式的爱护。阿星喜欢吃炒饭，郑炳荣就特意做给他吃，阿星常会递上支烟以示感谢。有几次，郑爱璇帮父亲过来做饭，看到父亲和阿星等几名打工者们边开玩笑边一起吃饭。阿星与其他打工者平日叫郑炳荣“老头子”，以致他的真名都被忽略了。

波澜起于2005年7月7日，阿星在这一天上午向老板郑则凯提出辞工。理由是“想去北京”。此前一天，阿星刚给我打了电话，中国青年报记者何磊确实也在7月7日这天从北京飞了过来，但并未答应阿星“去北京”。郑则凯觉得这个理由听起来有些古怪，但还是同意了，遂让阿星写了一份“自愿辞职书”。阿星希望拿回身份证，以及6月份962元的工资。郑则凯告诉他，6月份的工资得押着，如果自愿辞职，

星期六下午，峡山镇街头，一群等车的人。

最后一个月的工资必须等招到顶替他的工人才能发还给他。这在峡山镇当地已成"行规"，虽不合乎劳动法，但逆来顺受的工人们似乎也无话可说。阿星听了显然有点生气，说了句"那这个月的工资我不要了"。继而，他要求老板还他抵押在工厂的身份证。郑则凯回答，身份证放在管工郑炳荣那里。这个上午郑炳荣刚走开了，阿星就说："那明天我来拿。"说完就走了。

第二天晚上八时半，正在老厝隔壁的工厂办公室看电视的高中生郑晓帆，看到阿星走了进来，穿着黑底碎花衬衫，过来打了声招呼后离开，往老厝方向走去。郑晓帆是工厂老板郑则凯的儿子，平日和阿星都住在老厝，对阿星的举动并不在意。他继而在闭路监控电视中看到，郑叔（他称郑炳荣为叔）也跟着阿星进去了。

大约半个小时后，住在隔壁老厝的本村邻居柯燕珊慌慌张张地跑到郑晓帆这里："我听到你们工厂宿舍有打斗声，怎么回事？"郑晓帆即站起来说："瑞略嫂，那我们去看看。"

他们来到老厝，发现大门敞开，往里一看，只见郑炳荣赤足倒在这座"四点金"老厝的大厅里，通身是血，两眼圆睁，头朝东南方向的大门，已无声息。与他一同进屋的阿星早无踪迹。医生与警察很快来了。医生确认郑炳荣已死亡，警察在现场勘查中发现，打斗的痕迹是从同与阿星同宿的师傅覃飞东的床上开始的，整张被单凌乱不堪，大片的血覆盖其上，警方测量此处大约有2.6平方米的血迹。被单旁边扔着一把带血的匕首。血迹从床上流到地板上，有四只带血的拖鞋浸在血泊中，其中有一双拖鞋显然是郑炳荣的，血从床边一路滴到郑炳荣倒地处，在郑炳荣身上有1.3平方米的血迹。警方还在老厝的灶位上，发现了一把沾血的西瓜刀。此处，也是郑炳荣每天为阿星等5名打工者做饭的地方。

尸检结果显示，郑炳荣身上刀伤创口多达25处。警方还查明，郑炳荣裤兜里的400元钱不见了。阿星立即成为警方最重要的怀疑对象。

但是，不管是阿星的师傅覃飞东，还是工厂老板郑则凯，都对此难以置信。在他们眼中，阿星与“老头子”关系不错，平日也未见他们吵过架，不似仇杀。如果是为抢劫400元向“老头子”痛下杀手，于情于理也不通。

连郑炳荣的女儿郑爱璇也“想不通”。她后来忆及当时的感受时说：“他怎么会杀死我爸爸，又没有什么仇！”在郑爱璇的记忆里，阿星与父亲常常有说有笑，“有意见也都只是工作上的，何必要对我爸爸下毒手呢。”即使在确认阿星杀死了父亲之后，郑爱璇仍觉得“对阿星无法恨起来”，因为阿星在她以往的记忆里，一直是个喜欢吃父亲炒饭、笑得很单纯的阳光男孩。

警方后来的调查完整记录了阿星杀人后的出逃路线。

阿星从老厝左边的侧门走出来时，身上的黑底碎花衬衫溅满了鲜血。阿星在后来的陈述中觉得“满身都是血腥味”，看看身后无人，即拔腿狂奔。跑出几百米后，刚好碰上一辆载客的三轮车，遂拦下跳上。夜色之下，三轮车夫似乎并没有发觉这名年轻的顾客血迹满身。在三轮车行至峡山镇长虹路595号附近时，阿星看到了一个积水坑，就示意停下付钱。在三轮车远去后，阿星脱下上衣，在这个水坑中把血衣洗尽。洗完后，他似乎无意急于逃跑，而是光着膀子踱到附近的长虹路660号的阳光美发店洗了头，又借发廊的电话约了弟弟阿海，去见中青报记者何磊。

何磊约阿星在金佳诚酒店见面。

何磊见到阿星、阿海兄弟时，已经是7月8日深夜11时。阿星一开始似乎有些难为情，他让何磊到酒店门口来接他们兄弟俩。阿星后来

■这样的老厝区在峡山镇上有很多个，很有岭南特色。现在这样的房子有许多都做了作坊式的织带厂厂房，有些出租给了外地人居住。阿星曾经和工友住在这里，并杀害了管工。至此，这附近的厂里老板一般不会再雇佣广西人，尤其是天等人。现在这里安装了不少摄像头。

■夏天的号衣，胸口挂着编号牌，阿星直直地站在时钟下面。曾经被判死刑缓期执行的他，与这个不紧不慢的时钟比起来，不知道这样的等待还有多长。

忆及，打工多年，他从没有去过这种高档的地方，也“受不了这种高档地方里，保安和服务员看我们这样的打工仔的怪怪的眼神”。

阿星把阿海叫来的重要目的不只是接受采访，而是向他要钱。早在发廊里给阿海打电话时，阿星就要求弟弟尽快从“民贞叔”那里去取寄存的钱，他们一共攒了1000元。他称有急用。在见何磊之前，阿星要求弟弟拿出钱来。阿海问他：“到底发生什么事了？”阿星怒道：“你不要多问！”继而又说“我杀人了”。阿海根本不相信。他其实从赵民贞那里已把1000元存款取出来了，但因为哥哥没有说清楚原因，他就只给了400元。

令何磊失望的是，阿星在那天并非如我先前所言的那样善于交流。在采访中，阿星表情冷淡，有点心不在焉，甚至答非所问。

陪阿星一同前来的弟弟阿海，倒显得更外向。那一年阿海18岁，但看起来面相比阿星还老。阿海和哥哥一样，都是做织带的，“每天早上7点半上工，一直做到晚上12点”。他还在何磊面前为自己的憔悴辩解：“别看我比哥老相，其实只要给我调养十来天，立马就会变得很精神。”

那天晚上，阿星、阿海的一句话令何磊悲伤。这对从留守儿童长大的兄弟告诉何磊，他们与长年在外打工的父母关系一般，但非常想念从小照顾他们长大的爷爷奶奶，“如果有20万元，我们任何一个都愿意去死，让另一个活下来，赡养爷爷奶奶”。

阿星当时还问何磊：“有件很要紧的事，你能不能帮忙？”何磊似乎有种不祥之感，脱口而出：“什么事都可以帮忙，除了刑事案之外。”阿星停了一会儿，说：“那好，没事了。”何磊再追问，阿星只说“两天后你会知道”。

他们似已聊到话尽处。时间已逾7月9日零时，遂彼此作别。

那天晚上谈完话后，阿海还用短信向何磊问个不停：“何记者，你说我和城里的少男少女有什么区别吗？”

阿星在离开金佳诚酒店后，打了一辆的士逃往普宁车站，在车站胡乱睡了一晚，于9日上午10点坐汽车逃往深圳宝安区公明镇，直至自首被捕。

一年后此案开庭，阿星在投案自首前隐瞒的地方也被渐次批露。

阿星捅杀管工并不只是欠薪与拿不回被押身份证后的报复，还存在预谋的抢劫。他和同在当地打工的温江村人冯春毫一起去买刀，原本想抢劫工厂老板郑则凯，但当晚没有在工厂见到老板，就决定抢劫管工郑炳荣。他承认和管工“老头子”并无仇隙。冯春毫至今在逃，阿星因属于自首，被判死缓；其弟弟阿海因为曾在阿星逃跑时给了400元，被以窝藏罪判处有期徒刑十个月。

这是一份汕头中级法院最普通不过的刑事判决书，盖着大红章，一共14页。判决书把阿星的杀人行为描述为“作案手段特别残忍，后果特别严重”，如果不是因为自首，确实会是阿星当初所以为的那样“必死无疑”。

但从判决书里，是不可能了解“作案手段特别残忍”的原因的，更何况杀人者是一个连受害人家属都觉得“简单阳光”的打工者。阿星在自首时的解释是老乡网与社会不公对他的影响与刺激。这似乎是有道理的，因为在阿星案发之前与之后，就有不少温江村打工者先后走上了抢劫犯罪之路，在2000年后的短短11年间，温江村在外抢劫犯罪被捕被毙者已不下百人，所在的上映乡保守估计不下300人。在温江村犯罪减少后，抢劫犯罪又蔓延至附近的多座村庄。如连加村，被捕与被毙之人亦已不下百人。到底是什么力量，使这些村庄的年轻人一批批卷入犯罪风潮中不能自拔？

■阿海说："我爸一辈子是打工的，我这辈子也是个打工的，我看我的小孩以后还是个打工的。"

五年多后，狱中的阿星，还有曾经"像磁铁一样"影响了阿星的"砍手党教父"赵民显、杨成康等犯罪成员，一一受访，谜底遂渐次呈现。

第二章　车站：暴力病毒

如果没有挂上“梅州监狱”这几个大字，很难让人想到，这幢身处闹市区、有着浅绿玻璃的办公大楼背后，是广东最重要的关押暴力刑事犯罪的监狱之一。

梅州监狱办公楼左侧，是一个篮球场，就像任何一个政府机构或者学校门口的篮球场，有几个或年幼或年长的人在那里拍着篮球。穿过篮球场，再往里走约100米，才看到高墙、铁门以及武警值勤的监视塔。

阿星，就关押在这里。

在监狱办公楼右侧，向前走100米，是“会见楼”，供家属探监。会见楼也是办公楼常用的那种浅绿色窗玻璃，外墙干净、普通。只有进入到会见大楼里，才会让人意识到这是监狱之所在。做完全身安检后，楼道口的铁栅大门随之打开，我进入后，大门随之关上。穿过了楼梯道上六道“嘎嘎”作响的铁门，我终于来到了监狱方特意为我的采访准备的会见室单间。里面置放着木沙发，茶几，立式空调，犹如普通人家的客厅。唯一异样之处是会见室的两扇窗户都已拉上了窗帘，窗外的环境、建筑，不是犯人能够张望的。

在狱警的带领下，阿星进来了，囚犯式的光头，浅灰色的囚衣，胸前的口袋边上、衣服背部都有一部分是蓝白相间的条纹，这或许是监狱铁栅栏的图像隐喻吧。他的眼神再也不是多年前在村口树下的那种笑笑的目光，而是略有些拘谨，以及经历世事后的沉重、黯淡。

“时间过得很快，没想到在这里会再见到你。我和原来不一样了。”阿星和我打招呼。在聊天的时候，他的目光常常会飘移开，然后不自觉地看到地上。

每次问阿星对未来有什么打算时，阿星都会无奈地笑：“没法回答这个问题，以后的事以后去想吧。”因为在狱中改造出色，阿星已经从死缓减到了无期，现在减到了18年有期徒刑。狱中流行这样的段子：五年一眨眼，十年一回头，十五年一转身，二十年不堪回首。他自嘲：“我是不堪回首级的。”

他迫不及待地想从我的嘴里了解家乡的近况。真相让这名死缓犯人的脸上呈现出难以名状的痛苦，每得知一名老乡落网，他都会用双手抱住头，哀伤地叹气。在他入狱后的五年里，他的同乡好友还在陆续落网。当听到老村支书冯成金的儿子与所有侄子都先后因抢劫被抓的事后，他瞪大了眼，右手重重按在额头上，嘴里念着：“糟糕！糟糕！都是跟风！”

在阿星的记忆里，抢劫跟风一开始是无意识的，相互间的影响发生在老乡与老乡最日常的交往中，那种交往是温情脉脉，甚至患难相助的。

2000年，阿星15岁。父亲与母亲在深圳打工已近八年。姐姐也离开了温江村，在父母一起在深圳打工。阿星和村里的大多数同龄少年一样，早对读书丧失了兴趣。尤其是过年时，看到在外打工的人买回了各类家电，骑回了摩托车，他就对城市与打工生活充满向往。在童年记忆里最开心的，莫过于表哥言明显过年回家，骑着摩托带着他去乡上玩，“那时以为，再在乡里的街头吃上一碗米粉，就幸福得和城里人一样了。”

也是在这一年春节后，他终得以遂愿，去深圳一看。即使在狱中监禁多年后，阿星仍能清晰地说出第一次去深圳的新鲜感：他和父亲一起坐了一整夜的大巴，整个晚上都没有睡着，“因为一路上看着夜景，太幸福了。”他刚到深圳公明的第一天，就被他的表哥言明显带出去玩。表哥后来也因抢劫罪被判入狱，现已释放。

不久，他就初中辍学了，他天真地以为“进厂就有钱花”。他的父亲闭伟宝把他介绍到新兴橡根厂打工。那时，作为未成年人的阿星，还没有自已的身份证。他冒用叔叔闭伟勋的身份证进厂。橡根厂生产的主要是内衣辅料，那时，他第一次见识了织带。织带就是女性内衣的松紧带。在没有染色与加工之前。它的条状白色的。很快，他

▩橡根厂，几十年来都是多少人梦寐以求想进的。墙外停满了自行车。一到下班时间这条街上会挤得水泄不通。

发现，挣钱不是想象中那么容易，每天要在机器前站12小时，第一个月的工资只有450元，后来也只增加到600元/月。工资经常不够他花，有时就向打工的姐姐要钱去买衣服。

那时，父亲闭伟宝，已经在新兴橡根厂打工8年了，妻子、女儿都已介绍进这家厂做工。这是一家广西人占80%以上的全球最大内衣辅料厂。通过老乡相互介绍的方式，越来越多的温江村人投奔了这家工厂。他们聚居在附近的马田村，从马田村到橡根厂，步行上班只要15分钟。日常的社交主要局限在老乡之间，仅租住在马田的温江村人就有近两百人。

整个马田村，虽然本地人只有千余人，聚居于此的广西打工者却有近万人。他们就像把村子从广西农村搬了过来一样，在马田村，阿星不但能找到同一家族的叔伯婶嫂、表兄姐妹，也可以找到不少小学同学。在深圳，这类城中村里的打工同乡聚居区达290个，640万人。

所以，阿星在那里并不缺玩伴。下班时，阿星最喜欢跟着表哥言明显等五六人去溜冰、跳舞。身上即使只有几元钱，他也要把钱花光，“我喜欢城里的生活，当时就明白，以后再也不会呆在农村了。”

其时言明显已经不在工厂打工了，他做了赵民显的小弟，帮其看场，每天至少能拿到100元。赵民显和阿星家同属温江村山岱屯，是阿星的堂叔。有时候吃夜宵，言明显也会带上他去见赵民显。吃的地方其实多是路边的排档，在豪饮大笑间，阿星被堂叔赵民显的声名与气势引吸住了，崇拜之心油然而生。父亲一辈子打工，都没有这位做“黑社会”的叔叔一年的钱多。阿星自认为一个月打工赚的钱，有时还没及表哥为叔叔看场一天拿到的小费多。

也是在阿星来深圳前的2000年春节，已经在深圳公明镇一带混出了名堂的赵民显，开着一辆蓝鸟牌小车回家过年，此举一时轰动了整个天等县。天等县是一个离中越边境只有数十公里的国家级贫困县，2000年时，贫困人口还占全县一半以上，达24.2万人，很少有人能买得起私家车。

现在广东韶关监狱服刑的赵民显，瘦小、健谈，容易动感情。他因在逃跑时枪击警察与平民等罪名被判无期徒刑。想起11年前“衣锦还乡”的那一刻，仍一脸自得。但转而他就自责起来：“这车也把大家都害了。”那时，温江村人已经知道，赵民显是靠在深圳“混黑社会”发家的。在赵民显的记忆里，小轿车开回农村后，不少亲戚与村人这样恳求他：“民显，帮我把孩子带出去。打工哪有你们赚钱。”但当后来村里的年轻人因抢劫被大规模抓捕后，村里人又认为是赵民显等人带坏了他们。

令村人艳羡的这辆蓝鸟车，是赵民显与表弟许国定用抢手机捞来的钱凑起来买下的。但刚来深圳时，赵民显更像心地单纯、心系乡土的第一代农民工。

1996年，赵民显16岁到深圳公明打工。狱中的赵民显，对当年的应聘场面仍历历在目。那时，他身体还没长足，非常瘦小，刚从家乡来深，那件皱巴巴的灰色衣服让他看起来既土气又可怜。站在老乡最多的新兴橡根厂，前面排着长长的百余人的应聘队伍。他以为没有希望了。结果，负责招人的是位好心的老太太，看这小伙子可怜，反而把他招进来了。他每天需工作12小时以上，拿不到500元/月的工资。那时赵民显最大的目标，就是“打工，打一份工，打一份好工，再回家盖房子”。

每天的生活就是厂房到宿舍，每个宿舍很挤，住12个人，生活单调劳累。但赵民显自认为有盼头、有希望。

“像我们这种刚从农村出来的人，对生活的欲望、对钱的欲望，

■周一、周三、周五是橡根厂招工的日子。一到这个日子，厂门口一早就等着许多人，工头一到就围拢来。工头按照工种和学历招人。一轮一轮的招工已经进行了20多个春秋。

本来都是很小的。”赵民显感叹。温江村土地贫瘠、四环皆山，像赵民显这样的年轻人，赚钱谋生只有两条路：要么去挖矿，温江村很多人都死在了里面；或者去广东打工，“哪怕很苦很累也愿意”，赵民显这样描述刚到深圳时的心态。

8个月后，赵民显因违反厂规被辞退。此后，他不断找工，不断失业，“一直在找，找找找，一直找不到”，找了将近一年，一直靠父亲从家里寄钱过来维持生活。失业者正是当时的收容制度的施虐对象。他被巡防队员“见一次查一次，查一次打一次”，他曾在深圳被收容后关到广州增城收容所达三次，送清远收容所1次，进宝安收容所的次数“多到记不清楚了”。每次都是他那个颇讲老乡情义的堂兄赵民贞交300元罚款把他赎出来。那时，他和失业的老乡不敢随便去逛街，虽然那时赵民显并未去偷抢，但没有暂住证使他状似罪犯，出门都要先看左右，几名老乡一般不敢同时走一条路。前面的人如果看到治安队的来了，就马上传信，他们就可即刻跑掉。后来，他只敢睡在阳台上。如果有巡防队来敲门，他就从阳台上逃出去。

他被收容次数之多甚至令燕川的一名治安队长都手软了。他警告赵民显：“你真的不能再来这个地方了！你再这样下去，你迟早有一天会去抢的！你回家吧！”赵民显顿时泪涌。

那次他被治安队罕见地释放。赵民显仍不敢回出租屋，他在一条臭水河边睡了一晚上，在无家可归的被遗弃感中难以入眠，一整夜所想的是“为什么没人会看得起你？为什么睡的地方没有，吃的也没有？”那时，他不敢去偷，更不敢去打架和抢劫，“那时候就是怕，生活都是怕。”赵民显回忆。

赵民显认为，那时城里人就只会欺压、虐待他这样的失业打工者。只有老乡会怜悯他，尤其是堂兄赵民贞，总是对他说：“工作不会找不到的。你没饭吃，来我这里有饭。”但赵民显自认为脸皮没那么厚，如果不是饿得实在不行，他也不去堂兄那里。

但即便如此，他仍然不愿回到温江村，因为家乡太穷，无以谋生。他对深圳有很复杂的感情，心之所恨的是“为什么我在家就没有人查，来这里就经常被抓”。但他仍觉得“这个城市太吸引人了”，站在五光十色、灯红酒绿的夜市里，不由生出这样的感慨：“哪怕你没有钱，你走在大街上，都感觉自己很快乐。”

另有一个人，也曾在深圳街头与赵民显发出相似的感慨，那是他的妻舅兼表兄杨成康，他们于生存绝境中走在了一起。

身着囚衣的杨成康一拐一拐地走来，用没有大拇指的右手礼貌而谦卑地与我握了握手，不禁令人心生恻隐。

他在广东英德监狱已服刑五年有余，其罪名涉及抢劫、贩卖枪支等罪名。他的左右脚筋，还有大拇指，都是被江湖对手砍断的。他身上的伤疤，记录着他在一次次江湖争夺战中的胜负成败。杨成康的右大腿处有一处条形伤疤，这是他17岁时在家乡帮村人打群架，被对方用砂枪轰伤的；另一道条形疤，是在深圳与另一帮派打架时，被人砍伤的。他的左大腿也有一枪伤疤，这是1999年，警察抓他时拒捕，他虽得以开车逃脱，但被警察射了一枪。

说起这些往事，杨成康神色自若："你看我并不高大，但我还真能打架，主要是我不怕死。"

细看杨成康，1.70米左右的个子。1979年生人，和赵民显同龄，但比赵民显及大多数同龄人更老相更沉稳，三十余岁的人看起来约有四十岁。他的下巴有一颗痣，痣上长了足有三四厘米长的胡须。在狱中，是有"留头不留发"之类的规矩的。杨成康在被抓之前，有一头郑伊健式的长发。入狱之后，当然是长发尽剃，其痣上的胡须本也要一并剃掉的。但他再三央求监狱理发师帮他留下了这几根胡须，原因是算命先生曾对他说，只要留了痣上的这几根胡须，他就总会有转运的一天。

杨成康出生在温江村温屯，从小性格彪悍。温江村在当地打群架之凶悍，在天等县颇有名气。他们打架从来不用棍子，一般都是用刀，有时也用砂枪或者炸药。如果非要用棍子，棍子上面也要绑把刀。而杨成康所在的温屯，又是温江村打架最厉害的屯。他们奉行的生存格言是"出门不带三尺（注，刀），不是男子汉"。杨成康读初一时就每天带西瓜刀上学。有一次班主任骂他，他就把刀从书桌下拿出来剁了剁，班主任再也不敢说话了。

赵民显所在的温江村山岱屯，则是温江村最不善于打架的屯之一。赵民显在上学时，生性胆小，到其他屯上去玩的时候，经常因为屯与屯之间有世仇而无故被打。杨成康是赵民显的表哥，就出手相

■十个屯组成的温江村大多数劳动力都随着打工潮去了深圳和汕头打工。除外还有一些人去邻近县的私人黑矿打矿。这两年私人打矿查得很严。许多闲散劳力经常因为政府查禁，无所事事。

助。在这样的贫瘠乡村，用暴力解决问题的陋习不可能不影响到他们这样的懵懂少年，并以此为崇尚。赵民显对杨成康的“义气”的感激之情自不待言。

杨成康少年家贫，1996年，初中二年级，家里交不起二百多元学费，17岁的杨成康就辍学了。村里除了外出打工，另一条出路就是去附近去挖锰矿。父亲曾经为了给杨成康买一辆自行车去挖矿，结果矿塌方被砸断了腿。但家里太穷，杨成康的姐姐又硬着头皮去挑矿了。杨成康就叫上表弟罗德星，一起去给私人老板挖矿。每天的工钱20元左右，挖矿一个月只能赚五六百元，晚上就在矿口搭个棚睡，“那时年纪小，居然不觉得苦。”矿井是私采的，没有任何安全措施。他们钻到几百米的地下直洞。有一次他和罗德星采矿时，矿塌下来了。杨成康没事，但表弟的脊椎骨被压断了，在医院呆了很久才康复。他的这个表弟后来也跟了杨成康混黑道，直至在杨成康落网前被捕，至今尚在服刑。

这次矿难后，杨成康深感为20元一天的工钱卖命太不值，就决定去广东打工。

1996年春节后，他到深圳宝安区的锦桥五金厂去打工。主要就是帮电焊师傅拿钢架电焊。眼睛没有任何保护措施，常被闪得睁不开眼。在焊机边的工作时间有时又长达十三四个小时，“常常累得像条狗”。杨成康回忆，有一次上夜班，到了凌晨三点，他实在困得眼皮都抬不起来，怕被人说偷懒，就用手撑开眼皮，想继续工作。后来实在顶不住了，居然在工厂的一个垃圾堆边睡着了。最后，工资一个月也只有五六百元。

这样干了三个月后，他觉得打工太没希望了，加之家里有事，就又回家挖矿去了。但那一年蹋方死人连续不断，杨成康又返回深圳打工，被介绍进新兴橡根厂打工。但因为下雨时，用一块工厂胶布盖头遮雨，被保安发现后遭开除。后来他在找工作与失业之间来回波折。那时他一个月五六百块钱，交了房租只有一两百元，吃喝用掉后一分钱难攒下来。到1997年底的一天，一名在外面混的老乡，骑着一辆簇新的摩托车来找他玩。他见之心情沮丧："他怎么可以那么有钱？我们打工的，心态就变化了。"他就离开工厂和赵民显开始在深圳混社会。杨成康在狱中回忆起当初的选择，不无感慨："我后来很羡慕那些老老实实打工的人。但是在当时，我不会这样想，也没有这个条件去打工，没有技术，要去工厂里拿1000来块的工资是很困难很困难的。如果那时我打工有每月1000元的工资，我绝对不可能去犯罪。"

杨成康与赵民显都离开工厂，开始不务正业，生活极其潦倒。有一次两人睡在河边，太冷，就去捡了一块海绵，撕开后一起盖。那时他们只敢小偷小摸。有一次他和赵民显身上只有3元钱，他们就去买了一碗素肠粉（一种两广地区的米制小吃），趁店主不注意再把那三元钱偷回来。趁人不注意，他们也会去偷包子，然后躲在角落里吃掉。"一个人饿了，都不会想什么了，什么事情都会愿意干了。"杨成康感叹。

就在其时，两家的经济条件也开始雪上加霜。杨成康的父亲为了在村人面前争口气，借了一万元建了一间砖房。赵民显的父亲在村里开砖厂失败，欠信用社贷款数万元。钱对他们的压力如山而来。

收容还是像鬼魅一样如影随形。1997年底有一次，杨成康因没有暂住证被治安队关了起来，他从窗里爬了出来。结果被门外正在打台球的本地人发现，他们就拿着球杆和治安队员一起追打。杨成康说，"那时我唯一的办法就是装死。"治安队的人一看人被打得不行了，就在半夜悄悄用摩托车把杨成康扔到马田收费站附近。他后来爬着回

■公明镇公明广场边，大白天躺在台球桌上睡觉的年轻人。

到了一名老乡的出租屋里求助。1998年有一次查暂住证，治安队敲门，杨成康不开。治安队居然敲破屋顶，从瓦上面钻下来，把杨成康一顿暴打。他和赵民显被抓到收容所时，发现要盖上被子，就得和其它被收容人员打架抢夺。“打赢了，才能有被子盖”，“一切只能靠拳头说话”渐成为他们的生存哲学。

仇恨与不公感对杨成康来说是强烈的：“那时我对本地人对待外地人的方式，心情很复杂，感觉那帮治安队，比出来玩的混混还要凶。外来人太没地位了。”

但那时他们不敢抢，最多就是去偷衣服、锅碗这样一些小东西。赵民显和杨成康一起立了个誓：“只偷，不去抢！”因为他们知道，抢劫判刑很重。

转变是从遇到广西老乡成星开始。成星平头、碎发，比赵民显与杨成康更早出来混。赌马、打架、帮大佬看场子，他都有关系网。成星教杨成康、赵民显怎样偷摩托车。1998年，杨成康偷了第一辆摩托车，豪迈牌的，“卖了2000多块钱”。

见到了钱，胆子就会变大了，“去挖矿是死，抢钱也是死，那就去抢吧。”有了摩托车，他们开始在公路上飞车抢夺手机、提包等。然后，他们又买来了小车，去拦摩托车抢，或者把人拖入车内抢完再推下。

有了钱后，他们在灰色社会的社交圈也逐渐打开。他们认识了蓄着“郑伊健式”长发的广西老乡阿龙。阿龙混得场面比成星更大。在他的影响下，赵杨两人抢劫的事，反而就很少干了。他们开始跟着阿龙一起开赌场，或者倒卖走私车，或者开车“碰瓷”，勒索人家的钱财。

有了钱后，也开始有一些小兄弟跟过来了。帮人收数的生意就过来了。赵民显回忆，收数常常是五五分成。比如去收一单十万元的赌债，就可分到四至五万元。有时还帮一些商家去搔扰竞争对手，例如把对方的场子砸了，窗玻璃敲了。

通过阿龙，赵民显与杨成康又认识了燕川的治安队长“钟哥”。赵民显的脾气很对钟哥的胃口，“性格火爆、直率、说干就干”，深圳燕川治安队长钟哥（后因打群架死人被判刑）在黑白两道颇有势力，赵民显、杨成康开始通过钟哥认识马田附近的各路治安队“老大”。自此以后，他们再也不会被收容了。若有老乡被收容，他们俩只要给治安队的人打一个电话，人就放出来了，这使“整个上映乡的年青人，都对我们很尊敬。”

赵民显和杨成康也显得慷慨，老乡失业、没有钱，只要有求于他们的，他们就会出手相助。他们的出租屋客厅常常因收留老乡，而睡满五六人。

回想这段时光，狱中的杨成康说：“以前我和赵民显打工、失业时，过得连狗都不如。后来加入了黑社会，才算找到了做人的感觉。

老乡们，也因为我们增加了一点地位。”

有了这一番“咸鱼翻身”，杨成康与赵民显再也不想过简单的打打杀杀的日子了。“我们要去找个场子，像那些收保护费的老大那样，潇潇洒洒地过。”这是赵民显的想法。

“钟哥”的生意启发了他们。那时，“钟哥”住三楼，赵民显与杨成康住二楼。“钟哥”多次叫他们带上一批人马，用暴力手段把从公明到松岗的其他公交车“清理”掉，然后钟哥控制的公交车公司就可以垄断生意了。“钟哥”的公司在短短一年多时间里，从十几部公交车发展到上百部。

学了“钟哥”的手法，赵民显和杨成康在一名天等县老板的雇佣下，控制了深圳松岗的“广西长途汽车站”。车站需要人手，投奔他们成为村里年轻人的时髦。

这家车站实际上就是松岗城区附近一块不足两千平方米的空地，至今仍像一个临时停车场。经常被政府整治，又悄然开张。平时就稀稀拉拉停着三五辆发往广西南宁、崇左、玉林等地的长途车，几名蔫不拉几的拉客仔在附近晃悠。

但这个看起来不显眼的车站，却是灰色社会中的一块肥肉。每年邻近春运时，在正规车站买不到车票的广西打工者们，都喜欢来这里乘车，这里的空地上常常会停满三四十辆车。控制了车站的帮派，每天可以有将近十万元的保护费收入。

这是杨成康、赵民显最早发现的“肥肉”。

1999年以前，这家自发演化出来的“长途车站”还是一片混乱，各长途汽车竞相拉客。赵民显与杨成康说服天等县籍的司机，动用暴力把其他的长途车赶出车站。垄断后，票价涨了一倍。深圳到广西天等县的车票涨到150元，又把春运时期的同类票价涨到300—500元。他

温江村人所有的梦想，就是走出来。但道路往往被自己的阴影覆盖。

们再从每部长途车中收取至少30%的保护费。看场的温江村青年每人每天可以收到100元/天的小费。

这种保护费其实是一种变相的“血酬”，关键时候要敢于拿命来搏。车站“利润”见涨后，在松岗的湖南帮也想分一杯羹，派出几百人过来砸场。赵民显与杨成康立即开上两部面包车，20人每人一支雷鸣登枪，一到车站就朝几百“湖南帮”轰过去，对方顷刻间鸟兽散。狱中的杨成康忆起这一幕，至今还有点得意。

车站当时的“核心团队”就三个人，性格沉稳的杨成康多谋善断，垄断车站的谋划主要靠他。个性火爆的赵民显则经常拿着枪去出头，他们的表弟许国定忠心耿耿地随时听命。外围看场的则是二三十名温江村青年，车站有事时，他们可以立即动员在深圳打工的几百名温江村人和上映乡人前往助威。

其实，在控制车站之前，杨成康与赵民显很少碰过枪支。但有了车站后，他们为了在帮派的争斗中占据上风，就购买了一批枪支武装同伙。他们最常用的是雷鸣登枪，也有仿六四式手枪。由于温江村离越南近，他们有时也从越南购买对越战争时残留下来的军用手枪，“虽然很旧，但杀伤力很强。”杨成康后来被判的罪名中，就有一项是“非法买卖枪支罪”。

在他们的江湖里，“枪是人的胆”。赵民显的火爆脾气一上来，就用枪指着别人的鼻子骂娘。

赵民显与杨成康还借着已形成的势力，在温江村人聚居的深圳公明镇马田村、合水口村摆老虎机、开赌场，有时日进万金。他们也

松岗的“广西车站”初看只是一个家具城，进到里面才知是个规模不小的车站。坐车的都是广西客人，附近摩托拉客的也都轻车熟路。平日里来坐车还需要提前打电话告知。等风声较紧这个车站就会消失一段时间，风声一过，又一片繁荣。据说现在的车站由言明显控制着。

一度对马田村一带的煤气站、桶装水的进出收取保取费，渐有称霸一方的气候。他们俩除了拿这些钱还掉家里欠下的几万元债，就是带着一群马仔吃喝玩乐，一天花几千上万元也习以为常。阿星的表哥言明显，有时也会带着阿星一起去玩，这是令这个受尽12小时打工生活折磨的打工少年最着迷的一刻。

2002年，阿星17岁，开始厌倦打工。但父亲闭伟宝要求他"一定要进厂，不然就别进屋"。阿星就出走了，他和表哥言明显混在了一起。他跟着表哥去车场、赌场等处看场。在那一年，他还为几名老乡的抢劫望风，他们叫人搭车过来，拿刀逼走出租车司机，然后拿车去卖，一辆车有时甚至只卖几百元。阿星在狱中回忆，那时他并没有参与抢劫。但他对抢劫"习惯了"，"你们抢你们的，不关我的事。被抢的只要是不认识的就行，不认识的比较好下手。"

那时，阿星记住了在温江村年轻人中颇为流传的黑色民谣："打工苦，打工累，不如混个黑社会；又有钱，又有势，晚上还有美女抱着睡。"

温江村里的人都知道他们在干什么。"他们有了摩托车，有了小汽车，还了几万元的欠债，但又没呆在厂里打工。在干什么，村里谁会不知道呢？"杨成康自问。村里很多年轻人开始艳羡、跟随。村里的舆论也默许，只要年轻人有钱带回来。只有一两个清醒的老人会善意劝告。赵民显的一位亲戚是算命的，他语重心长地对赵民显说："你见好就收吧。我劝你回家算了。"赵民显回答："我回来，去挖煤矿，哪一天我被压死了，你就看不到我了。我去外面搞点东西，就算出事了，可能只判几年就出来了，你还看得到我。"

老人顿时哑口无言。

但正是这名村中老人的预言，车站的好日子很快到头了。

另一个天等老板也看上了这个车站，他花了30万元雇佣了一伙“黑社会”，并使计骗赵民显回老家，以支开杨成康最重要的合作者。

2002年5月18日，正在深圳松岗吃早餐的杨成康和另一名温江村随从被四五个人绑上一部丰田车，随后被关到一荒郊野屋。杨成康用牙齿咬开捆绑的绳子欲逃脱，结果被发现后吃了当头一闷棒，并被爆打至不能动弹。然后，他被蒙上了黑布，感到双手大拇指、双脚被捆。杨成康知道他们要动刀，“但心里是镇定的，知道他们只想搞残我，而不是取人性命”。他听到刀砍下来的声音，却没有痛觉。等解开黑布时，他看见两个大拇指已经被砍烂掉了，就昏死过去。等醒来时，发现被扔在一河边草丛里。他想站起来，结果又倒地，原来双腿脚筋也被砍断。那时，杨成康蓄的是长发，治安队员发现有人躺在地上，一开始还以为这一长发血人是个女人。

赵民显得知这一消息后，连夜从温江村乘车返回深圳。杨成康准备待养好伤后再去寻仇。但赵民显认为，这仇如果不马上报，就无法在江湖立足，车站的控制权也可能很快旁落。所以，他天天雷鸣登手枪不离身，嚷着要报仇。

他并不知道对手已经给他安排好了陷阱。2002年6月25日，暗战的另一方向公明镇楼村派出所报警，称有劫匪藏身在出租屋，警察遂包围了赵民显的住处，准备用电锯破门后冲入。

赵民显对准门口举起了雷鸣登手枪，他的老婆杨梅秋，也就是杨成康的妹妹，死死地抱住他不让开枪。但赵民显所想的是，要是被抓了，辛苦挣来的车站就没了，他不甘心。此时的赵民显，就像《红与黑》中那个靠不择手段向上攀爬的年轻人于连，无法忍受已经到手的东西忽然消失，最后就扣动了扳机。

警察何兆德及治安员陈永光被霰弹擦伤。

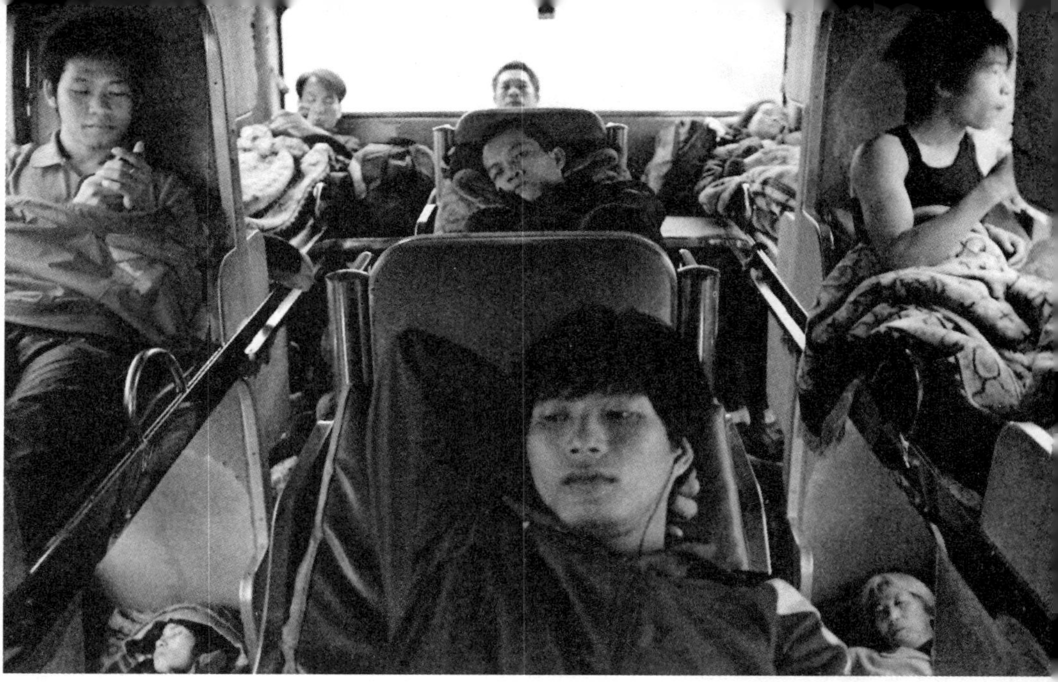

广西的打工青年在长途车中。

他扛起妻子杨梅秋就往外跑。那时，妻子已经怀了五六个月的身孕。

冲到楼下，他看到旁边的摩托车修理店门口猛然探出一个头，以为是警察，就一枪打去。霰弹穿过铁门，击中的其实是店里的打工青年李振平。这个不幸的年轻人从湖南来深圳打工才不足一周。他最后活了下来，但至今还有五粒铅弹无法从身上取出。

因为这一枪，李振平想在深圳做摩托车修理工的梦破灭了，准备考大学的哥哥李振加，为了照顾他也放弃了考大学。这对兄弟来自湖南的贫困山区安化县斗山村。有着宿命意味的是，这个山村同样因为贫困与教育落后，不少年轻人出去抢劫。仅仅李振平的小学同班同学中，就有5人因刑事犯罪或被捕或被击毙。

现在，李振平已结婚生子，在开泥头车维生，但枪伤的后遗症使他排便都很痛苦。哥哥李振加后来成了深圳一家工厂的销售员。在他们拥挤又散发着厕所异味的出租屋里，李振加说，赵民显至今未赔弟弟一分钱，他痛恨赵，但他更痛恨“社会环境”。我问：“为何这样说？”李振加回答：“因为赵民显这样的人犯罪，最大原因是环境，是环境造成的不公，是报酬的不公，是上升空间的不公，是本地人对外地人的不公……”

赵民显逃脱了，直到2003年2月才被捉拿归案，并被判无期徒刑。此时，杨成康还躺在医院养伤。

他们彻底失去了对车站的控制权，但被车站培养起来的犯罪病毒，却从此像潘多拉魔盒那样被打开了。

2003年，曾最早带赵民显出来打工的堂兄赵民山，也已经从打工者变成了抢劫者。而曾陪着杨成康从车站帮派争夺战中死里逃生的另一个表弟张振武，已与赵民山结伙在一起。有一天，他们在东莞黄江，用枪顶住一个中年司机的头，然后把他的丰田车给抢了。结果发现车上有警官证，原来这是东莞公安局黄江分局一名指导员的车。

温江村人都经过这里走出去，走到城里，走到工厂，最终都将走回到这里，变成这一座座白色的坟墓。

尚在养伤的杨成康知道这下坏事了，就叫他们把车卖掉。但杨成康已经失去了对他们的号召力，他们仍开着这部抢来的车四处招摇。几天后，警方通过小车内置的GPS跟踪系统逮捕了他们。

和警察发生枪战也成了温江劫帮的家常便饭。

赵民显与杨成康最忠诚的表弟许国定，在2003年再难找到江湖大哥，就与同村人结伙抢劫。

那时，已离家出走半年多的阿星，正和许国定租住在合水口村一间破落的瓦房，这个城中村就在马田村的马路对面，而许国定是阿星的小学同学。在阿星的记忆里，许国定等人持枪去抢时，他也会在旁观战，“砍人、死人的事，那时都看多了。”阿星回忆。

在阿星的记忆里，同村人许国定身材瘦小，家境极贫，15岁时就辍学去挖矿，差点死在矿里。在深圳等地打工时经常失业，被收容时，腿上曾被管教插上过几双筷子。

成了劫匪后，他在阿星印象里“讲义气”，“腰上总别着两支雷鸣登枪”。2003年5月的一天，许国定开着车回到出租屋，和阿星说，他被警察跟上了，被打了一枪，子弹打在了方向盘上。那时阿星正在煮稀饭，许国定喝完稀饭后，带上两支枪，就出去了。到晚上，阿星被告知，许国定死在了合水口村附近的公明广场，车上都是和警察发生枪战时留下的弹孔。

“这一年给我影响太大，否则就不会有后来的事。”阿星回忆，但他不愿解释具体影响指什么。在他日益深陷这张黑色的老乡之网时，父亲闭伟宝“无论如何不让我再玩了”，他要求阿星脱离在深圳的老乡网络。2003年6月，阿星带着弟弟阿海去汕头投奔赵民贞，赵民显的堂兄。

在赵民显最风光的时候，在新兴橡根厂打工的赵民贞、赵民通兄弟也曾一度想辞工出来混。但当他们刚有苗头时，赵民显被抓了。他们也死了这条心，然后带着在橡根厂学到的技术，到汕头去闯荡。阿星到汕头时，他们已成了身份极高的“大师傅”，月工资能达到五六千元。

但阿星耐不住寂寞。到了2004年，仍悄悄从汕头往深圳跑，他喜欢和年龄相仿的老乡们泡在一起。

这一年，深圳关外的宝安区，包括当时的公明镇，由于外来人口管理失控，治安成为深圳最差的。广东省公安厅从其它城市调动大批警力前去维持治安。

就在这个当口上，那一桩震惊全国的抢劫案发生了——温江村的19名年轻人在抢劫时，在公明镇马田村天桥上把打工者余富兵的右手砍了下来，只是为了抢他的手机。

这激怒了舆论，也激怒了警察。曾参与办理此案的警官李鼎说：“当时觉得这些天等籍的抢劫者太心狠手辣，他们残忍的像是没大脑一样。你怎么也想不通，为了一部手机，一刀砍下去，手就掉地上了。”这19名罪犯中，有数名就是阿星的同学与好友。此后不久，四五十名温江村籍抢劫者在半年内先后被捕。

但警方的抓捕并没有减弱抢劫犯罪对温江村青年的诱惑，相反它像风俗般影响了更多人加入其中。杨成康认为出来抢劫的温江村青年是一群在家里没事干，在广东又没有工打的年轻人，“钱挣不了，你就怀疑自己，就会去想：怎么一点骨气都没有？”赵民显对此的概括很简洁：“来到深圳，只要你没工作，都是会变坏的。”这个群体基本是小学文化，在深圳确实也更难找到好工厂。

随着警方连续几年的打击，“温江村的年轻人大半已经被抓。”温江村的一名村干部介绍，此村的抢劫风也渐弱。但温江村所在的上映乡，抢风仍炽。该乡的另一个村庄连加村抢风犹甚。在2005—2010年间，连加村也有百余名年轻人因在广东抢劫而受刑事处理，其中被击毙两人，至今在服刑的尚有近50人。

连加村小学校长黎荣慢，曾劝正热衷于抢劫的堂弟不要再干了。结果，堂弟反驳他："大哥，你这是站着说话不腰疼么？我可以带你去一趟深圳，我去抢，你来帮我数钱。数一个星期，那时我不让你干，你就可能会恨我了。"他的堂弟不久后就被捕。

狱中的阿星，对自已的家乡有一种近乎绝望的理解："在我们那里，抢就像风俗一样。"

■深圳至广西天等的途中休息站。大家都下车休息吃东西。敬路神的香刚刚插上，祈求一路平安。十几个小时的路途，中间两次短暂停留，一直到半夜3点多到天等县城。

第三章　乡村：黑白老乡网

这到底是一个怎样的乡村啊？

温江村所在的上映乡位于天等县西部，南通大新县，西通靖西县，北通德保县，全乡有10个行政村，122个自然屯，总人口约3.7万人。现在，从上映乡到温江村开车20分钟可到，五年前则山路崎岖，从乡到村需花一小时左右坐“三轮蹦蹦车”。温江村是个远离县城中心的偏远山村，它离县城40公里，离中越边境却只有30公里。在历史上治安就差，在县志上就记录过有大规模的群架。

走进温江村，它和中国大多数内地农村并无太大差别，16—40岁之间的壮劳力差不多都在外面打工。至2010年，温江村有678户3299人，约有一半以上的人在外打工或在邻县挖矿。村庄寥落冷清，不少新造的砖房无人居住。在温江村，大约有一半左右的人家盖了砖房，主要是靠打工与挖矿赚来的钱。在村口，可以看到老太太孤独地坐在角落，乏人照料的儿童在巷子里滚得一身是土。向田间望去，除了几个六七十岁的老人在缓缓干活，再也找不到动人的生机了。

像阿星家的三层楼房，长年只有年逾八十的老奶奶居住。

温江村坐落于狭长的山谷中，这些山都是广西特有的石灰岩质石山，树木稀少矮小，但拔地而起的石山雄奇险峻，是天等县“大石山区”的一部分。在岩石间勉强挖出来的土地，地薄贫瘠。村里也缺乏引水渠等水利，靠天吃饭，稻谷亩产一般只有四五百斤。村里的老人

■温江村的老人与小孩。冬天难得的太阳，在早上十点过后才出来。七八个老人坐在这个村里太阳最好的地方。谁家的小孩躺在地上，用这种方式向爷爷要零钱。

常说："一年从年头忙到年尾，做到累死也没有多少收入。"

温江村支书赵佩荣介绍，村里的人均年收入1600元左右，人均月入也就是100元左右。

贫困是他们无法摆脱的阴影，这些村屯的不少人为了赚钱去打矿，结果又因为肺矽病倾家荡产。全村因为挖矿得肺矽病的有20人左右，已经有四五人因此死去。

末屯去挖矿的人是温江村最多的，常年挖矿的50多人，已经有6人得了肺矽病，两人因为肺矽病死去，一人被压死。末屯的许继高因为多年挖矿，赚了十万左右的钱。他以为可以造新房的时候，却得了严重的肺矽病。他一年洗五次肺，三年来前后已花了十余万元，"打矿赚起来的钱全部倒贴进去了，还借了不少债。"许继高叹气。但宿命的是，为了还债，他老婆又去挖矿了，他劝阻了老婆："矿有毒啊。"老婆后来就和初一还没读完的孩子，一起到汕头去打工了。

许继高觉得有些愧对成绩不错的孩子，他还保存着儿子破烂的新华字典和几张80多分的成绩单。

贫困对于乡村教育的制约是显而易见的。在村委旁的温江小学，也是后来在深圳抢劫的诸多悍匪的母校。与五年前相比，学校有了新楼，但仍有学前班的儿童在破烂的水泥砖屋里上课。在我掌握的50名温江村抢劫者名单中，80%以上是小学学历，像赵民显、许国定、黄海清的学历都在小学四年级以下。原因是读不起书。剩下的基本是初中学历，也有少数人不会写自己的名字。整个村出去打工的人也相仿。在2000年春节时，这所小学的老师们曾为外出广东的温江青年做了一件重要的事——应这些打工青年的主动要求，教他们写自己的名字和“天等县上映乡温江村”这个地名。这些识字有限的青年，也常常只能在深圳最差的工厂打工，或者失业。现在虽然实行了免费义务教育，但学校仍然要向每名学生收300多元，一些家长仍然称供孩子读书有困难。

村民们普遍相信“读书无用论”。他们这几个屯连少数几名大学毕业的青年，都没有找到好工作。如末屯的许国胜，在龙州师范读了四年本科，家里欠了一屁股债，最后找不到工作去深圳打工。

更不可思议的是，在温江村山岱屯，读大学的孩子不但不会受到村民尊重，反而会被以异类视之。山岱屯的女生闭美苏与闭美莉现都在南宁读大学，村人经常这样奚落她们：“你们读书有什么用啊？你们花家里那么多钱，以后能找到好工作吗？能把钱挣回来吗？”她们的压力确实很大。闭美莉一家都在汕头勉力打工，她每学期要贷6000元的助学贷款，在毕业后的一两年内要还清。如果找不到好工作，债务就会把全家压垮。闭美苏的一家都在深圳打工。爷爷也跟着去了，74岁了，每天还蹒跚着走上几小时，去公明镇周围捡垃圾赚钱。闭美苏的父亲闭伟山是温江村少数支持孩子上大学的人，他认这样一个

“死理”：“书中自有黄金屋，我要叫那些看不起我们的人闭嘴。”

但这在当地农村是非常之举，“读书无用论”才是主流，甚至也影响了许多农村儿童。一名小学生的童言无忌甚至还把上映小学的校长甘绍新噎住了：“校长，你读了那么多年书，也就两千块左右的工资。我爸小学都没读完，在汕头做了个技工，一个月可以赚三四千元。我觉得读书真没用啊。”辍学，甚至常常是不少孩子自愿的选择。

温江村气屯，是温江村抢劫犯罪最多的屯之一，不少曾经的留守儿童又走上了像前一辈一样的打工与漂泊之路。

1994年出生的马文清，瘦小，长得像个儿童。他12岁小学还没毕业，就到深圳的一家五金厂去打工，至今已打工四年了，每天工作12小时。1995年出生的许建章，也是个黄毛少年，他读到初二就辍学，现在深圳的一家工厂打工，每天也工作12小时。1996年出生的黄克赞，初一没读完，就去汕头的电子厂打工，每天工作常超过12小时。因为他年纪太小了，无法在规定的时间内做完电子元件，只得自己加班补做。

他们都曾经像上一辈打工父辈们那样有过简单的梦想。许建章的梦想是挣钱买摩托车，黄克赞的梦想是挣钱给家里盖房子。黄克赞还对汕头产生了依恋：“我都把那里当做家了，就算那里的人不把我当家人。”

但这只是玻璃球般容易破碎的梦想。

首先横在他们面前的是地域歧视。由于天等人有了“砍手党”的恶名，深圳许多工厂在招聘时规定“不招天等人”、“天等人免谈”。不要说是童工，就是许多成年的温江村人也因为这一招工歧视，而找不到工作，结果，温江村人黄海清，就是受到这样的招工歧视，而去做了“砍手党”。

■早晨7点的温江村山岱屯。虽然是夏天，还是有几分寒意。一眼望去到处是裸露外墙的砖瓦房，这样的房子已经成为村里的主流，往往花费了家家户户积攒一辈子的钱。像阿星家是属于最早靠外出打工造的房。近年开始，政府有补助三房改造（危房）的政策，能想办法的人家都极尽全家之力在政策有效期内推倒老房子，盖起了这样的外壳。

■美莉和美苏，屯里两个大学生，堂姐妹。两人的父母亲都长期在深圳和汕头打工。暑假回来，美苏和奶奶一同生活，美莉也过来帮这边做些农活。

美莉说五年级开始她就经常独立生活了，还要照顾弟弟。

现在两人最大的压力，就是担心读了大学，却找不到好工作，再次成为村里的话柄。

并且，由于他们是童工，正规工厂都不可能接收。他们就只能借一张身份证，去那些最烂、最黑的工厂谋生，承受在他们的年龄本不应承受的超时超强劳动。在我调查的七名气屯童工中，他们都曾被开除、曾挨饿、曾在街头流浪。他们差不多每个人每年都会五个月时间没有工作。马文清没有工作时，就睡网吧、睡公园，有时一天只吃一个馒头。他们中另有一个孩子还在失去工作的那几个月去抢夺过项链。我问他："你那么瘦小，你跑得快吗，你有胆吗，你没有道德负疚感吗？"他答："等你肚子像我一样饿时，就不会这样想这么多问题了。"

在这样的乡村，自身贫困但又被城市的富裕所诱惑，钱就成了他们的宗教，抢劫不再是"见不得人的勾当"。我与一名在深圳的上映乡籍打工者就此展开了一番对话。

问：你生活中最大的压力是什么？

答：钱。

问：为什么？

答：如果没有钱，回到村里就会被鄙视。而如果有了钱，所有的人都看得起你。

问：那如果你告诉村里人，这钱不是靠打工，而靠抢劫得来的，他们还会尊重你吗？

答：当然尊重。因为我们那里的人会说，这是他用命去换来的钱！

有了金钱的刺激，在这些乡村，犯罪，再也不是令人羞耻的事情，"坐牢算什么，和逛街差不多么"。

流行在上映乡的这套抢劫"理论"，听起来理直气壮。但也只有当奉行者身受其罚时，才会明白这其实是条不归路。狱中的杨成康感叹："抢劫像吸毒一样让人上瘾，回不了头。"

杨成康在车站争夺中被砍残后，并没有离开“黑社会”，反而在2004年后加入由温江村人与天等县老乡组成的抢劫团伙。这个团伙中有温江村人农学波、农学善兄弟等，有新的“大哥”，上映乡连加村的“大傻”许树锦、宁干乡的“福运”陆明业等十几人。

杨成康由于腿已残疾，就不抡枪上前，主要是为他们开车、望风、出谋划策。他们在深圳、东莞等马路、商店、餐馆、茶馆、珠宝行、车行等处持枪抢劫。后来仅判决书上能查到的2005年1月至6月间，就抢了近20单，涉及数百万元财物。

他们一般在晚上12点后作案。在广东韶关监狱服刑的农学波解释，这是因为晚上开车快，人少，被害者的反应能力比白天低，容易得手，容易逃逸。在他们这个团伙里，像许广胜、许承高，都是飚车高手。丰田佳美，他们基本开到时速180公里以上，奔驰、凌志之类，他们都开到时速220公里以上。“我们都不怕死，随便开，哪个弯都能进。警察如果想和我们玩飚车，他们玩不起。”农学波说。

当然，他们开的车，都是抢来的，几乎每次的作案用车，他们都在换，这次用的是蓝鸟，下次就可能用宝马。

抢车，对他们来说比进店抢劫更简单。

农学波印象中最刺激的一单抢劫是在2005年2月24日，不是因为抢了部好车，而是因为他们是在几百人的众目睽睽之下得手的。那时已是凌晨两点30分，在东莞常平镇的几家夜宵店，尚有几百人在宵夜、聊天。一对情侣宵夜毕后，男性车主按下了遥控器，准备去打开他的黄色丰田佳美小车。这时，农学波等四人用一支雷鸣登枪和三把砍刀顶住这对情侣，把男的挟持上他们的作案用车，把女的塞进被抢的这辆车。整个过程只用了3秒钟。

那时，他们还一般喜欢戴着鸭舌帽抢劫。

阿星说城里人就像城市的高楼，高得看不到顶。当年在这个酒店下面等着中国青年报的记者下楼来接他和弟弟到楼上采访。他们自己不敢进去。

这是一次被司法文书完整记录的抢劫。在一辆墨绿色的丰田佳美小轿车里，农学波戴上了鸭舌帽，从深黑的旅行袋里掏出了左轮单管雷鸣登长枪，把子弹推上膛。

坐在旁边的黎学兴也从旅行袋里掏出了一把黑色左轮手枪，农学善和陆明业分别掏出了一把红柄白刃的砍刀。他们都统一戴上了鸭舌帽。

车窗外，是广东东莞市常平镇振华十街的夜市。这是2005年4月30日的凌晨3点，在南方人的习惯里，这还正是宵夜的好时候，街上的夜店仍然霓虹闪烁。“肥婆烧鹅”店人声喧哗，坐在店门口圆桌边的三男三女，衣着时尚、戴着金链、谈笑风声。

“嘎！”一辆墨绿色丰田佳美在店门口一个急刹，四名拿着刀和枪的年轻人从车里闪了出来。汽车的引擎并没熄火，驾驶室还坐着一人。

坐在门口的三男三女还未及反应，这几个人已冲入店内。拿长枪的站在门口，端着枪叫所有人别动。拿手枪的对着这张圆桌旁的男女，叫着：“打劫，拿钱出来！”其他两个拿刀的人上去搜身，扯下了两名男子的金项链和金戒指，搜走了他们六个人的手机、人民币、港元。店里安静极了，刚才喧哗的人声好像一下子被按了暂停键。

暂停，只有两分钟。

这四名男子抢毕那六人，又快速冲进那辆丰田佳美，然后以180公里的时速，朝深圳市公明镇方向绝尘而去。

农学波这几人，在这单劫案中抢得人民币、港币共7000元，手机4部，另有金项链、金戒指等。当天下午，销赃完毕，他们在公明镇合水口村的一个赌档分赃，各得4000元。这是后来的判决书里确认的。

他们抢了这些钱后，一般都是平分，没有谁会占谁多一分。狱中的农学波称：“我们也都是朋友，都不分老大或者小弟。钱也不可能寄回去的，都是拿来玩。”这其实是世界性的江湖规律，《街角社会》一书的作者社会学家威廉·富特·怀特作了类似分析，书中指出，街角帮青年为了参加集体活动，必须与别人分享他的钱。假如他有钱，而他的朋友没有钱，他就应该支付两个人的花销。威信和影响在一定程度上取决于花钱的大方。

他们这十几个人，抢劫并没有严密的计划，常常是临时起兴。晚上一般是就在公明镇的合水口村或者马田村赌档玩筒子，“有时候你今天还有钱，你就不去了，有时候你钱用完了，你就去了”。“开工”，只要在赌档里相互递个眼色就行。

他们喜欢抢有车一族。在他们看来，有车的一般都算富人：“抢富人，原因之一是痛恨富人，抢后心里好受一些。更重要的是，抢穷人一块钱都会和你拼命，抢富人一万块钱都会乖乖给你。”在狱中的温江村抢劫者黄海清坦言。在抢劫者中，很少会有惧怕与负罪感。黄海清在狱中忆起他抢到钱的那刻，都会抬起头看着天空笑。

到了2005年1月，同伙许树锦在枪战中被警方击毙。

那天晚上，杨成康和十余名劫帮同伙在东莞的东泰娱乐城的包房喝酒。他们越喝越难过，有人拿出钱来烧，一开始是几十元几十元的，杨成康一下子拿出几叠百元大钞，每叠千元，当纸钱烧。杨成康的解释是：“大傻（许树锦绰号）是为了钱，才丢命的。我们烧点钱，让阴间用。”

杨成康已感到大祸临头，他对同伙陆明业说：“这样下去可能会一个不剩，我们收手吧。”但没有人收手。

杨成康回到温江村躲风头。恰在那时，杨成康碰上了从东莞打工回来过年的阿星。

阿星曾和他促膝夜谈，羡慕杨成康他们的“风光”，有加入之意。也是在那时，我在温江村调查“砍手党”时碰上了阿星。而那

■2011年12月的一天，高架桥下天等县上映乡人的摩托车和一过路小车发生碰撞，没过几分钟附近上映乡老乡迅速聚拢来，事故双方都在各自打电话叫人。一边失落的鞋子静静地躺着。

时，我在温江村的一举一动，其实尽在杨成康眼底。

一向谨慎的杨成康最后还是马失前蹄。2004年12月30日，他与同伙居然“一不小心”，就把东莞市公安局大岭山分局一名身着便服的刑警全家给抢了，还持枪逼那名刑警交出了凌志车。他终因此案在2005年2月被捕，后获刑12年半。

温江村的又一名“教父”落网，阿星感到了惧怕。他离开深圳去汕头，想老老实实打工，“逃离老乡这张网”。

杨成康的落网，使农学波等人更加有不祥之感。他们抢劫与挥霍更趋于疯狂。农学波在短短几个月内，就抢劫了8次，所获财物逾20万元，并全部挥霍在赌档与夜总会上。

也是东泰娱乐城，是农学波他们最喜欢去“嗨”的夜总会，在那里喝酒、吸毒、玩女人，一晚上花几万元是常事。狱中的农学波回忆，每次抢后，心里其实都有种说不清的空虚感和“末日感”，所以每次都会“嗨”得很疯狂，“我们干的活，等于说生命一分钱都不值。大家根本都不管明天。”

农学波记忆中玩得最“嗨”的一次，也就是最后一次。2005年6月2日凌晨三时，他们叫了40多个男女在东泰娱乐城“嗨”毒，被警察一锅端。

这又一次让在汕头打工的阿星震惊，他曾在2005年6月，数次惶恐不安地给我打电话，说“我表弟也因为抢劫被抓了。前些天村里来了不少广东警察，又抓了三四十个在广东抢劫的。半年以来，已经抓走了一百来人”，他觉得“村里的年轻人都要被抓光了”。其时，在老支书冯成金家里，已经有厚厚一叠缉查通知书。

阿星已经难以忍受在汕头的工作，每天至少工作12小时，且没有休息天。卫彦虎法官曾经许诺他的8小时工作，亦似无望。

2005年7月5日，阿星在堂叔赵民贞家喝满月时，积压的情绪终于爆发，他醉醺醺地告诉同村的邻居冯春毫：“我不打算在厂里打工了。”冯春毫问他：“不打工要干什么？”阿星回答：“要开工（抢劫）”。冯春毫说：“开就开吧”。此后阿星醉倒，被抬了回去。

冯春毫那时很缺钱。冯春毫是温江村老支书冯成金的侄子，冯成金恰在那时中风病倒。冯成金的儿子冯森壮致电冯春毫：“你无论如何要搞几千块钱回来给我爸治病。”但冯春毫没有钱，他一开始想的办法是卖自已的手机。2005年7月6日，阿星陪着他一起去二手市场卖手机。“那一天我们在街上转了好几个钟头，到处都卖不掉。”后来这部手机卖了200元。“但200块钱，怎么好意思寄回去呢？”阿星在回忆中苦笑。阿星一家和冯成金老支书也关系不错。他们两家，是隔壁邻居，“以前在村里，谁家杀鸡喝酒，都会叫上另一家”，阿星决定要帮冯春毫“筹钱”。

2005年7月8日傍晚8时，冯春毫下班，向同乡工友借了50元，和阿星一起去超市买刀，买了一把西瓜刀，一把菜刀，一把匕首，共花48元。

他和冯春毫在晚上8时30分左右来到工厂宿舍时，管工郑炳荣跟了进来。阿星在床上叠衣服，郑炳荣就在一旁坐下。阿星认为郑炳荣是在监视他，可能以为他会偷东西。阿星一边叠衣，一边越想越气，一个月工资被老板扣押，等于这个月活白干了，身份证也没还给他。他冲口而出："怎么我的钱拿不到？"郑炳荣就不高兴了，因为在他看来，押一个月工资是本地规矩，没什么好解释的。阿星向他讨要身份证，他也没给。在阿星的说辞里是，"他用很难听的潮汕话骂了我"。阿星后来在狱中认为，如果当晚辞工顺利，能要回身份证，也许就不会发生以后的事。但辞职后如果没有找到满意的工作，他和冯春毫也许就会带上刀去别处抢劫。

见钱与身份证都拿不到，阿星的情绪就激动起来，冯春毫也激动起来。冯春毫先用菜刀背砍了郑炳荣，郑炳荣大叫起来。两人当时就紧张了，怕外面的人听到。开始用菜刀、西瓜刀等砍与捅，随后跑开。满身鲜血跌坐床上的郑炳荣，就往外追到老厝大厅处开始叫喊。"当时我们怕他叫的声音太大，走不了。"阿星自称，他与冯春毫再度返回给了郑炳荣几刀。郑炳荣倒地后，阿星去摸他的裤兜，没有摸到身份证，但摸到了400元钱，就拿了。而在判决书里认定的是，冯春毫用方言问阿星，这个人（郑炳荣）有没有钱，阿星回答："有时没有，有时有。"冯成毫再问："动不动？"阿星回答："动。"于是发生了如前一幕。对此，狱中的阿星并不认同，他说有些是警方逼他承认的。他认为，当时抢劫和杀人，都是没有计划的，是被愤怒冲昏了头，他对郑炳荣并没有恨，"就是一瞬间的事，一转念就搞成这样。"阿星说。不管这是一个怎样的罗生门，但有一点似乎确凿的

■阿星站在自己的监舍中，这里已经成为他生命中最重要的地方，从他进来的第一天起，他的生命已经被刻上烙印。狱中流行这样的段子：五年一眨眼，十年一回头，十五年一转身，二十年不堪回首。他自嘲："我是不堪回首级的。"

汕头潮南区峡山镇的塔山是个荒草丛生的坟山。山脚下，到处是香火繁盛的庙宇。山上平时几乎没有人来，有时候没处过夜的小年青，会冒险到坟前水泥板上躺一晚。阿星曾经在这个山脚下的镇上打工，苦苦找寻自己的出路。

是，阿星从一个单纯少年到一名凶手，其人生轨迹深受老乡们的影响。包括他这一次作案，也是与老乡同谋的。

阿星与他同乡的犯罪被学者们定义为“新生代农民工犯罪”。中国社科院在2011年2月24日发布的法治蓝皮书中称，2010年新生代农民工已达到近亿人口，新生代农民工犯罪案件约占全国刑事案件的三分之一，新生代农民工“共同犯罪、团伙犯罪突出”。而这类犯罪在外来工集中的珠三角地区，所占比例惊人。据警方资料，像温江村打工者集中的深圳公明街道，98%以上的刑事犯罪都是以新生代农民工为主的外来人口犯罪。

这些犯罪往往会依凭于他们的老乡网。在抽样的温江村45名抢劫罪犯中，可看到他们一张牵一发动全身的血亲网络。以赵民显作为一个点，就可以牵起整张网络。在这张网中，差不多任意三个人都可以组成三角的亲缘关系，所以，这是一张非常稳定与严密的人际网络。

并且，这张犯罪者的亲缘网络，并非是在城市里孤立存在的，而是依托老乡聚居区这张更大的人际网络中。老乡聚居区，在城中村仿若“山村飞地”。但这是被本地人歧视与排斥的“故乡”。作为本地人的新兴橡根厂长麦沛明说，本地人80%以上的人不愿和外地人发生直接关系，而在马田村住了十几年的闭伟宝也说，他从来没有一个本地人朋友。外地人觉得本地人看不起他们，本地人觉得外地人素质太差。

在这样的一道墙前，老乡之间就非得以抱团自保。这种抱团常常不论是非，只论是否有利于同族。同乡间的犯罪网络，和日常社区网络，并没有严格界线。这就像阿星，是在潜移默化中被表哥带着走入了黑色社会。“例如，你虽然是个打工仔，但在外面玩的几个老乡叫你去喝酒，你能不去吗？”

于是，这类新生代农民工的犯罪，又具有明显的地域特征，这一籍贯的群体流行抢劫，那一籍贯的群体也许就流行销赃。这类具有地域与血缘特征的犯罪，被北京市公安局研究人员任九光称为“地域性犯罪”。据他的统计，这类犯罪已占所有刑事犯罪的30%—40%。

所以，“温江村砍手党现象”已非孤例。长期研究农民工问题的刘开明博士认为，要化解这类犯罪，根本上需靠城市拆除对农民工的户籍、就业指导、失业养老社保、子女教育等一整套“社会排斥系统”，让农民工融入城市。否则，这类聚居区里，随着积怨的郁积，可能会在城市内部发生城市与乡村的剧激冲突。刑事犯罪，常常只是最初级的表现形式。

新生代农民的刑事犯罪，无论对于城市，还是农村，都是悲剧。

走在温江村，随便问一个村民，都可能发现他的某个近亲因为抢劫被关在狱中服刑。最不堪的是温江村的老支书冯成金，五年多前，他还带着我一家一户走访过那些抢劫犯的家庭。2010年，他的儿子冯

■温江村村尾有一座看上去年份不久的房子，几间平房里装饰得挺有儿童情趣，还铺有难得一见的地板，几扇大门不知是被谁开启的。这是温江村幼儿园，幼儿园没开几期就荒废了。一群放学的学童，往一个小时路程外的家里赶着。

森壮也在深圳抢劫、贩毒被抓了。他的侄子冯春明也因抢劫被捕。而和阿星一起在汕头抢劫杀人的侄子冯春毫，至今在逃，其作案的理由居然是为了给当时中风瘫痪的伯父冯成金筹钱治病。

家族悲剧就这样落在了老人冯成金身上，这位曾经在对越战争中立下过三等功的英雄，现在只剩下一副残疾的身躯长吁短叹。

但温江村人的犯罪似又有回升之虞。去年，在深圳的温江村人经过血腥的帮派战斗，又夺回了已失手多时的“广西长途车站”。而控制这个车站的头目，就是当年赵民显的跟班、阿星的表哥言明显。他在几年前刑满释放后，又走回了老路。

没有人清楚，这个车站，会不会再像当年赵民显和杨成康控制的那样，培养出又一轮“砍手党”。

到底怎样才能中断犯罪的轮回？

监狱里的杨成康作了一番沉思默想，发现他和赵民显，以及大多数的温江抢劫者，在城市里胡作非为，却对家乡人很好。事实上，抢劫者对家乡的感情令人惊奇，有次杨成康把老家的赌场给砸了，理由是不能把家乡的年轻人带坏。更有一次，杨成康在老家看到有人在半路抢劫，他上去阻止说：“你们不要在家里搞，想搞你到外面去搞。”他认为他身上的这种两面性，是城市对他的态度造成的：“谁对我好，我就对谁好；谁对我不好，我也不对他好。”

而监狱里的赵民显，觉得他和家乡人的犯罪，就是教育落后和找不到工作、遭受歧视造成的，“请你们不要离弃他们。”他把这句文绉绉的话生念了好几次，直念到眼里含了泪水。

他们的说法暗合了中国社科院法治蓝皮书上的阐述：城市对农民入城的心理歧视和排斥、就业与受教育的困境、经济政治待遇上的不平等、社会保障和救济制度的欠缺、文化冲突等原因才导致了新生代农民工犯罪高发。报告认为，只有加强城乡统筹发展，让新生代农民工市民化，才是解决这一问题的根本性措施。

去享有一个城里人那样的尊严，包括最基本的8小时工作制，曾是阿星这样的新生代打工者渴望多年，而始终没有实现的梦想。在我与他在狱中告别时，还要服刑十几年的阿星自嘲："以前我一直想找份8小时的工作，没找到，最后杀了人。没想到在监狱里，却实现了我的理想。每天只要改造8小时，余下的时间就可以看书、打球，并且还可以持续十几年。想想真是好笑。"

■温江村里的一个自卫反击战老兵，拿着当时政府发给他的奖章。这样的老兵在村里有多个。

第四章　城市：打工轮回

黄昏时候，街边的霓虹还没有亮起。此时的深圳公明镇，由于尚未装戴上城市的魅惑夜色，坦露的还是那副城郊工业区模样，空气污浊、尘土飞扬、黑摩的和宝马车一起乱糟糟地挤在交叉路口。这和离此40分钟车程的深圳市区仿若两重天，那里豪华、整齐，有国际都市的气派。此时，正值附近厂区的白班与夜班交替之际，数万名上下班的打工男女，身着蓝色、灰色或红色的工服，像彩色河流一样，在马田村口交汇、四散，日复一日。

打工者的命运，与2000年阿星到此地打工时，没有本质的变化，与2005年阿星逃亡到此处时，也没有本质变化。他们一样劳累又积蓄惨淡。只是，当年阿星在深圳打工时，全家还住在马田村条件极差的老屋里。后来，老屋区的不少房子被政府划定为危房，全家就搬到了本地村民的自建房里去了。

他们的居所在马田村一条幽暗逼仄的小巷里。身着蓝色工服的阿海正匆匆走出来，他一度受哥哥阿星的案子牵连而入狱，出狱后就来到了深圳橡根厂打工。这个厂，这条路，也是曾经的阿星所往复之处。

此时，阿海将去离住处十余分钟远的新兴橡根厂上夜班。白班与夜班每半月轮一次，每班10小时。这种单调的日子，阿海已在新兴橡根厂经历了一年多，而他的父亲闭伟宝在这家工厂曾干了16年。

闭伟宝正在出租屋里洗刷阿海上夜班前吃用完的碗筷，并准备给

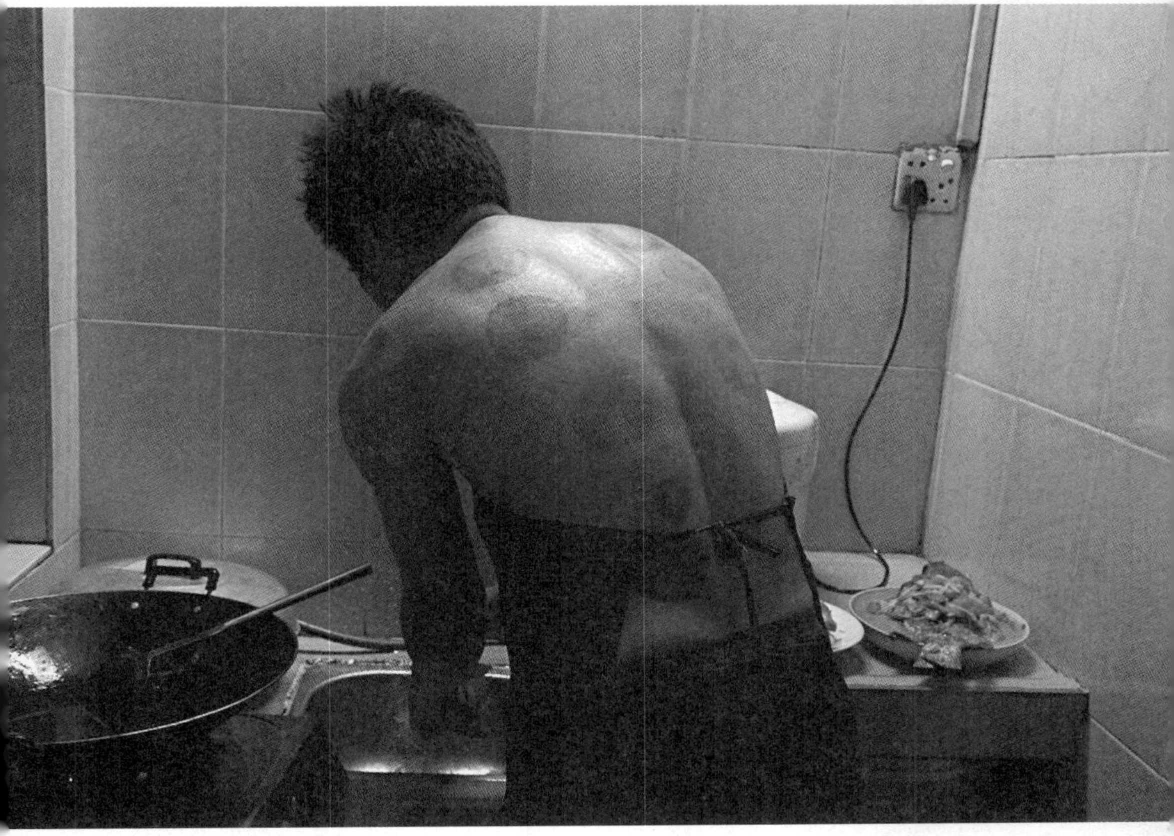

阿星的父亲老闭是第一代农民工，他至今都清晰地记得走出温江村的那一天，1992年9月4日。客居他乡20个年头了。像他这样还在城市打工或正因年岁渐长而处于失业边缘的第一代农民工，在全国有一亿多人。

老闭在准备晚餐招待客人。阿华说她父亲以前身体挺好的，阿星进监狱那年经常看到从不掉泪的父亲痛哭。被工厂辞退后就全副心思养孙子，经常孙子有点什么不舒服就容易上火。他只能整天抱着小孙子，反复从马田村的一头走到另一头。

上完白班将要回家的阿海的母亲、妻子、姐姐、姐夫做晚饭。

他们一家七口租住在马田村南光高架桥旁的农民房内。这是在四楼的一间不到20平方米的阴暗小屋。一进房内，从高架桥上呼啸而过的车声与尾气就扑面而来，房子跟着车声共振起来，房门发出“咣咣”的声音。

闭伟宝失业后，再也没有找到新的工作，回到广西温江村老家，发现已不会干农活。他顿时觉得自已像一截榨干了汁水的甘蔗，被人遗弃了。于是他只能整天抱着小孙子，反复从马田村的一头走到另一头，心中却充满对未来生活的忧惧。

闭伟宝50岁，中等个头，有着第一代农民工的典型性格，坚韧、吃苦耐劳，他也是村里最早建起楼房的人家之一。

闭伟宝属于第一代农民工，像他这样还在城市打工或正因年岁渐长而处于失业边缘的第一代农民工，在全国有一亿多人。而像阿海那样的新生代打工者，在全国也有近亿人。

闭伟宝至今都清晰地记得走出温江村的那一天，1992年9月4号。

其时，正是小平南巡，中国经济整体转暖之际。20世纪90年代以来，中国政府的出口导向型发展战略使中国迅速成为“世界工厂”，而珠三角是这些出口工业企业的发家之地。

闭伟宝打工的新兴橡根厂，是港商张国宝于1988年在马田村所创，主营内衣辅料，其时只有数百名工人，后来却成了全球最大内衣辅料制造基地。也是在这一年，富士康在深圳建厂，那时也只有数百工人，20多年后却成了有近百万工人的巨无霸。

那时，闭伟宝每天要干12小时的活，约200元/月的工资。开始的工作是给布匹染料过秤，做了整整7年。直到有一天，他的一名工友到医院检查时，发现“胃里什么颜色都有”，估计是在秤染料时吸入所致，闭伟宝才害怕了。他设法调到了橡根厂的仓库做管理员。

十多年来，他没有跳槽，一直在这家工厂打工。从闭伟宝出来打工的1992年，到他被辞退的2008年，正是中国经济增长的黄金时期。这一时期中国货物出口额年增长率更是高达19.6%，制造业创造了中国GDP总量的1/3，中国经济开始被冠以“中国模式”而受夸耀。

然而，对闭伟宝来说，十几年打工下来，除了建房子和供三个孩子上学，就再也没攒下什么钱。一直到现在，全家五口人打工，都只能租住在高架桥边300元/月的出租屋内。

事实也正如此，这十多年来，中国打工者们分享到的经济发展成果极其有限，和城市其他群体的工资增长相比，他们的收入甚至是不断萎缩的。

国家劳动和社会保障部发表于2004年8月的《关于民工短缺的调查报告》称：珠三角地区12年来月工资只提高了68元，珠三角地区的外来工月工资大多数在600元左右。直到2006年，全国农民工的平均工资才达到1226元。

闭伟宝的工资变化也基本和这一平均值吻合，工资在缓慢地增长，但其实他很难攒下钱。

对农民工问题有深入研究的学者刘开明博士解释了这一现象。1998年金融危机、特别是2001年后，中国的外贸大幅度增加，但竞争加剧，人力成本反而被压缩，工资总体没有上升。到了2008年，中国的人均GDP已达到3267美元，但全国最低工资平均只有100美元/月，全国约有一半农民工的正常工资低于这一工资标准。

当2008年的金融危机来临时，像闭伟宝这样的农民工最先受冲击，至少有2000万人被裁员返乡。

2008年的那天，闭伟宝正在上班，年轻领班告诉他：“你以后

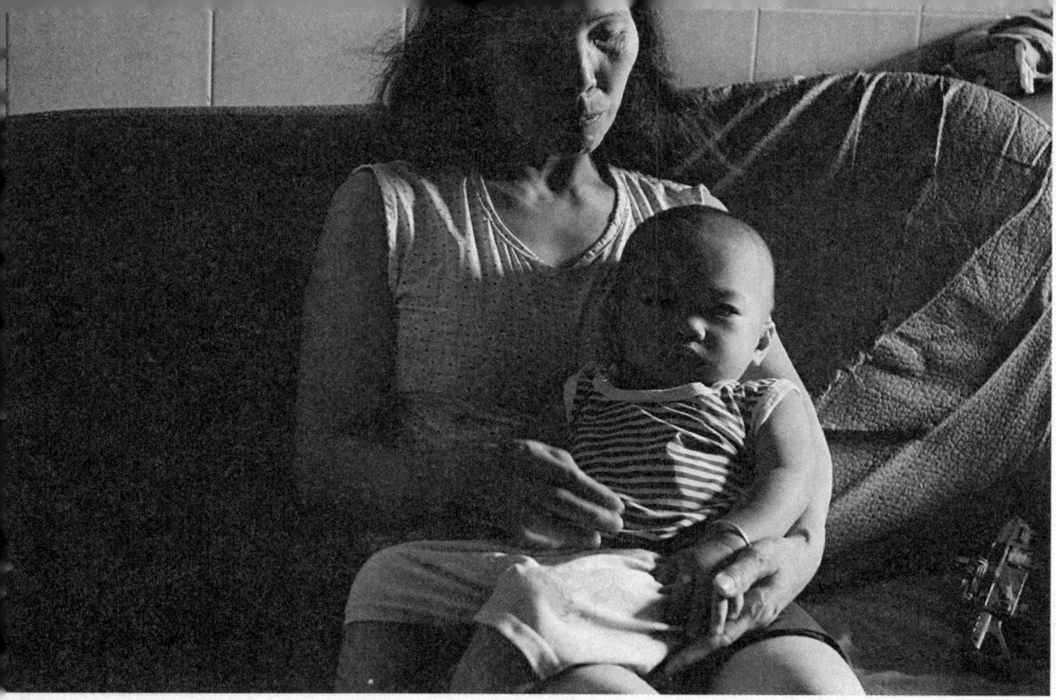

■阿星的母亲抱着午睡的孙子，也就是阿星的小侄儿。母亲已经将近50岁，还在新兴橡根厂打工。父亲老闭被辞后，只等某一天，工厂像告诉老闭那样告诉她——“以后你不用来上班了”。

不用来了，下午到人事部去结账。”闭伟宝后来回忆起这个场景时，一口把杯中的酒喝完。他感叹，这个呆了18年的工厂，“说不要就不要”他了。但他也不敢抗争，怕一吵连补偿金都没了，工厂给了他2.7万的补偿金。

2008年失业后，闭伟宝天天睡不好，担心“没工作，儿子阿星还在监狱，怎么寄钱让他过好点呢”。打工半生的闭伟宝并没有养老金，大多数中国打工者亦如此。阿星的姐姐阿美，有一次看到父亲在厨房里大哭。以前，她从未看到父亲难过。

闭伟宝决定到汕头去打工，那里的工厂多数每天要工作12小时，半个月白班半个月夜班，且没有节假日。这是他的儿子阿星痛恨的打工环境，但闭伟宝义无反顾地走进了那里的血汗工厂。尽管他的身体已无法承受这种高强度劳动，手痛、腰痛、血压上升、骨质增生等问题接踵而至。多年的打工辛劳，似乎耗尽了他的精力。

2009年后，闭伟宝返回老家广西温江村。他想靠养猪谋生，结果劳苦半年，亏了一千多元。这时他明白了，他已当不了农民，也难以在温江村这样偏僻贫困的山村赚钱与发展。城市的工厂，也已没有他的容身之所……

阿海计划要为以后攒钱，不管为了养老，还是孩子的教育。但他和父亲的感觉是一样的，辛劳一年，很难攒下什么。

在公明街道，充满着五光十色的酒吧、夜总会、大商场，但这不是他们敢去消费的。20多岁的阿海喜欢穿山寨的李宁牌和耐克牌运动装，他认为这样显得“时尚有活力”。

阿海自认为是个勤勉的人。曾经在2002年、2003年跟着哥哥阿星在汕头打工，那时他16岁，每天要工作12小时，1000元/月的工资，管5部机器，身体瘦得像根竹竿。当有人嘲笑时，他自认为“只要每天给我睡8个小时，两个星期就可以长得健康红润”。

姐姐阿美，勤勉更甚于他。1998年前后到深圳打工，但工资至今也从未超过2000元/月。

他们都是留守儿童长大，对深圳充满向往，在初中还没毕业时出来做童工，曾冒用成年亲戚的身份证混进了工厂。而阿星15岁来深打工时，也是冒用了叔叔闭伟勋的身份证而进厂的。父亲闭伟宝被辞后，母亲李桂已经将近50岁，还在新兴橡根厂打工。只等某一天，工厂像告诉闭伟宝那样告诉她——“以后你不用来上班了”。

他们从小就在贫困的压力中长大。在阿海的记忆中，父母常常连过年都不回去，宁愿把路费省下来“补给家用”。这样一次可以省几千元来回的费用和工资损失。“对我们这些打工的来说，回家是件很奢侈的事情。”阿海认为。

这也是大多数打工者的省钱逻辑。在对上映乡留守儿童的调查

■阿海的婚礼。因为家里爷爷的车祸去世，本该在三年前就办的婚礼拖延到2011年末。酒席前后办了一周，同族亲戚都分别从广东各处赶回。这个平日只有老奶奶的家里顿时热闹起来。

中，一两年没有回乡的家长比比皆是。

但即使如此节省，他们仍然感到钱不够用。阿海粗粗算了一下，一家七口人由于凑在一起，可以节省生活成本，但吃住加起来也得1500元/月，一个月抚养孩子的花销也得1000多元，夫妻俩一个月的工资不到3000元，到月底就基本见光了。

闭伟宝的感觉是："这几年工资只涨了一点点，物价却像疯了一样涨。日子越来越难过。"

他的抱怨和国家统计局的数据吻合，10年间，物价总上涨为25.37%。2000年，100元能买到100斤好大米；2010年，100元只能买到四十多斤普通大米。

他们的生存因此变得脆弱。

2010年底，闭伟宝一家就遭遇了一次让全家损失惨重的疾病。

那天，闭伟宝贪便宜在街边买了捆1.5元/斤的便宜青菜，结果全家吃了拉肚子。阿海不满一周岁的孩子，服泻住院花去将近2000元，其他家人亦只能请病假。结果，两周的生病，把这一家七口人的几千元积蓄全花完了。

这样的生存常常使阿海怀疑其中的价值，"过得这么苦到底为什么？"

阿海需要给生活的艰难寻找理由，同乡刘加也如此。刘加在新兴橡根厂打工十余年，一身是病却时时担心着被辞退。他无法左右命运，就靠每天买2元彩票给自已增加希望。他一天天把彩票号记在一块小黑板上，满黑板是红红绿绿的数字，在他简陋昏暗的出租屋里，这是最有亮色的东西。

一天打工下来，阿海和他的姐姐阿美，总会坐在那间车声轰轰的出租屋里，幻想着应该摆脱日复一日的机器式生活。他们想去做点小生意，这是和阿星当年一样的城市梦想。可事实上，他们想了十来年还没去做。阿海认为原因是没有资本，“万一输光了，一辈子就翻不了身”。

其实，长年累月被机器驯化的生存，已经在心灵层面限制了他们改变命运的勇气与心智。况且，他们在城市并无足够的社会资源，即使真去做生意也未必成功。在阿海的姐夫张世东的观察中，周围的打工者做生意赚到钱，不会超过十分之一。

在温江村上千名打工者中，通过打工变成老板的，全村也只有一家。那就是阿海的堂叔赵民贞与赵民通。

在整个天等县的13万打工者中，通过自身努力而获得创业成功的例子也不多。据2009年的统计，在广西八百多万外出务工人口中，从事制造业的占七成以上，月工资在800—1200元的占一半左右，1200—1600元的只有三成左右。

他们即使打工多年，也难以在工厂里有上升的机会。像闭伟宝，虽然在新兴厂打工16年，最后也只等到了辞退的命运。闭伟宝的女儿阿美，由于在打工之余学会了电脑，有幸从一个打工妹变成了办公文员，但她发现这已是职业生涯的顶点。在偌大的新兴公司，只有一名广西籍高级领班。

阿美的堂妹阿花，算是温江村里最成功的打工者，她从一名普通打工女，奋斗成了深圳一家国企的销售经理。阿花长得很清秀，二十多岁，完全看不出打工妹的痕迹，更像一名城市白领。然而在五六年前，她在深圳的一家工厂打工，手指都做得变形了。此后她决心自学，逐渐改变命运。

但像她通过自学与职业培训，改变命运的，在整个天等县的打工群体中都是少数。政府提供的职业培训，更是少得可怜。近两年，天

民贞两兄弟在汕头峡山镇闯荡出一个属于自己的织带厂，最近又新加了4台织带机，一共雇了4个工人，都是老乡和亲戚。加上父母亲老婆，有时连小学六年级的儿子一起帮忙，把织带厂连日连夜地运转起来。

等县职校共培训农民工1680人次，而天等县的农民工已逾13万人。

而阿花的弟弟，也曾因为看不到打工的希望，而去抢劫被判刑，获释后仍在从事最繁重的体力劳动。

“我们这些打工的，一辈子都跳不出打工这个圈。”一名深圳富士康的天等籍打工者感叹。

除了跳不出这个圈外，另一个更甚的痛苦是对城市那道无形的“墙”。

闭伟宝的儿子阿星在抢劫杀人案发自首时，曾说过，“我觉得城里人就是那个高楼，高到天上去了，我们在下面仰望，看得帽子都掉下来了，都看不到人家。”

这种对城市的感觉，也深得闭伟宝的认同。闭伟宝在马田村生活将近19年，看着马田村从一个贫穷农村发展成一个厂房林立的工业区与热气腾腾的商圈、社区。但19年来，他没有一个本地人朋友，他所有的朋友都局限在老乡圈子里。

外地人与本地人生活在同一个经济与生活相互依存的城中村，却相互戒备、甚至敌视。

这种隔阂似乎难以消除。阿海举了个例子，如果一个本地人开着一辆豪车，叫我这个打工仔去吃饭，他一会儿就花掉了2000元。你这时花不花，如果不花，那你一定交不到朋友。

这些外地年轻人，也不能忍受本地人“看你的眼神，还有那些轻蔑的手势”。

甚至在城中村的建筑群里，也贯穿了这种隔阂。像闭伟宝家这样的外地打工者，喜欢租住在靠近在南光高架旁的那几幢农民房中，那里空气差、噪音大、租金便宜。而城中村里相对安静的地方，是有钱一些的技术人员住的。本地人则基本住到了马田村马路对面的福庄花园。

这种隔阂无处不在。在2008年以前，马田村的龟山公园是不对外地人开放的，只准本地人在那里跳舞。2008年后，由于警方改善了管理方式，治安好转。本地人的戒备心减弱了，龟山公园开始充许外地人进入。晚上可以让本地人与外地人一起在公园广场上跳舞。

但阿海的姐夫认为，这只是表象，外地人与本地人水火不容的现状并没有根本改善。

他的这种感性认识与《瞭望》新闻周刊在2010年的报道吻合。该报道称大约有2亿长期在城市的打工者，他们没有城镇户籍，也没有享受到市民待遇。城市必须拆除户籍等樊篱，把他们“市民化”，才能实现真正的城市化与社会稳定。

但他们大多数人不愿回到农村。闭伟宝一家在农村有三层砖楼，但现在却宁愿住在南光高速边那间嘈杂、逼仄的出租屋。阿海有他的理由：“我在深圳，就算摆地摊，也够让自己吃饱。但在老家，你最辛苦的劳作，可能还养活不了自已。”

城市开始尝试给予他们融入的机会，但往往举措吝啬。2010年，深圳允许外来工攒足积分后，可转成深圳户籍。但这是一个摸彩票般的概率，近千万的外来人口中，2010年只有约4600个指标。

《瞭望》新闻周刊认为，如果农民工的下一代仍不能享受平等的教育权和就业权，又无法回到乡村，矛盾可能会以某种极端的方式表现出来，比如犯罪。而前几年法国出现的移民区骚乱，被国内的有识之士认为是对中国的“二代移民”难以融入城市社会的警示。

这样的“警示”，其实也在阿海的哥哥阿星身上出现，也在温江村籍的“砍手党”身上出现。

这种现象在社会学上被称为“贫困的代际传递”。阿海的堂姐阿花，有种朴素的认识，通过受教育，特别是让下一代受教育，是改变命运和融入城市的起点，她认为自己是例子。学者们则认为，打破“贫困的代际传递”，需要从让农民工平等享有就业、住房、教育、医疗和养老等权利开始。

而阿海对他堂姐的观点不以为然。在马田村那间灰暗的出租房里，高架桥上车声呼啸，门窗在咣咣乱响。阿海指着怀中的孩子自语：“我爸一辈子是打工的，我这辈子也是个打工的，我看我的小孩以后还是个打工的。”

这就是阿星一家的命运，阿星所在的村庄的命运，看似奇特，其本质却和2亿农民工的家庭与故土并无太大差异。

2011年9月6日，姐姐阿美去梅州监狱看阿星。阿美递给了弟弟一大堆拍家里的照片，有的是父母抱着弟弟的儿子，有的是家里的人在出租屋里的合照，有的是奶奶在老家门口的微笑……阿星反复地看着，眼圈有点发红。他说他最想念奶奶，当时父母在外打工，都是奶奶与爷爷（现已过世）照顾，与父母的关系反而有点生疏。他害怕奶

■整天呼啸着车流的高架桥把厂区和工人的住宅分成两半。对面就是深圳公明镇的厂区，墙壁上贴着巨大的广告。每天上下班几万工人就在这里经过。与这几万人息息相关的家族命运故事在这里一天天、一年年地上演着。

奶等不到他出来，奶奶已70多岁了。姐姐回答：“奶奶说了，她每天都要多吃一点饭菜，为的是活下去，等到你出来。”阿星不由自主地抓紧了姐姐的手。

阿美在后来说起被阿星紧紧抓住手的感觉：“忽然觉得有点像小时候，那时阿星也这样抓过我的手，问‘姐，什么时候我们可以都去城里啊，那里一定好得不得了，我们一定要到那里去打工。’真的难以想象，小时候想的东西，现在全部破灭了。”

下部 | 自白

第五章 “我做黑社会是找不到工作惹出来的”

——“砍手党”老大赵民显自述

受访人：赵民显

采访人：傅剑锋

地点：广东省韶关监狱

时间：2011年1月12日

狱中的赵民显看起来瘦小、精干，眼睛很细，所以他看人的时候是眯着眼的。但只要他认真看人的时候，就是精光迸射的样子，使人能立即联想到他持着枪在江湖上呼啸彪悍的模样。

与他交流时，他有时会大笑，有时又会用手蒙住脸长叹一声。显然如他自己所言，他是一个外向的人。说到家，说到心酸事时，他的眼睛会红；说到让人后悔的事，他会长叹，他会忽然怔怔地说：天啊，天啊……

以下是他于2011年1月12日在狱中的自述摘要，标题为访问者加：

找工

我初中没有毕业，16岁就到深圳去打工了。

刚开始是去深圳公明的新兴橡根厂。那时候目标就是打工，打一份工，打一份好工，再回家。

我在橡根厂做了8个月，每天做12个小时，主要做包装。那时很小，才16岁。那时候我穿的还是家里的衣服，很老土，皱皱巴巴的。主管是一个老太婆，我很小，招工时我排队在最后面，那个老太婆可怜我，就把我招进去了。

但后来我自己不做了，跟拉货的打了一架，他欺负我小。

出来后发现找不到工作，一直在找，找找找，一直找不到。找了很长，两年。也没有去偷去抢，老爸会寄钱过来。那时候家里在当地还算条件很好的。后来好像有一年多，我爸的砖厂搞不下去了，欠了人一屁股债，又欠银行的。那时候我口袋里还有1000多块钱，一下子就给我赌钱输光了，给不到我老爸，那时候很伤心。

后来我又托人介绍进个新兴橡根厂的搬运部。我一进搬运部我就怕了，我本来就小。这种苦力活我干了半天时间，就不干了。

后来我就在外面一直找，吃呀住呀，都是在堂兄民贞、民通那里。那时候他们对我真的很好。他发一个月工资下来，不会给家里人知道，都偷偷塞100块钱给我。

像我们出来的，一般人，只要找到一点钱，都想往家里寄。谁都想日子过好一点。每个人的目标都是找一个好工厂。但我就是一直在等，一直等等等等……

杨成康是比我后面才出来的。他那时候在锦桥打工，在宝安李松朗那边。他那时也辛苦，天天晚上加班到12点，几乎天天晚上都是。特别是将近过年时，通宵4天4夜加班。像我很多老乡，都是通宵三四天，特别是过年。没办法。

那个厂我也进去打过工，就是在李松朗锦桥五金塑胶厂。朋友把我介绍进去，我一进去，我看到工人们在抛光，哇，个个脸上黑黑

公明镇厂区外的高架桥，桥上来来往往着不停留的车辆。桥下连接着厂区和出租屋两头的打工者。桥上桥下的行人似乎注定很难产生交集。

的，身上都是黑黑的。我就怕了，不敢进去，我就出来了。

那时候真的特可怜。找不到饭吃，没地方睡。根本没有人理你。

收容

那时找不到工作，走在街上就因为没有暂住证经常被抓。第一次被收容是在宝安收容所，我都进了好多次。赎人刚开始是100多，后来就是200多、300多。

我一共去了增城（收容所）三次，去了清远（收容所）一次。民贞就叫人把我赎出来（他说到这里就眼睛发红）。

那时，我们出去逛街，都要很小心，要先看看左右。在一条路，几个老乡一般不会走在一起，前面的人如果看到治安队的来了，就马上说，我们就赶紧跑掉。

治安队查得严的时候，我都不敢睡在屋里，只敢睡在阳台上。因为这些城中村的楼是平楼和握手楼。他查的话，你可以从平楼这边，过平楼那边。如果是4楼、5楼，就不管，就跳过去。

有一次，燕川的治安队在查暂住证时盯上了我。队长抓我的时候，我跑了，后来给抓到了。这个队长特好，他后来把我放了，半夜把我送到燕川那里。他警告我："你真的不能再来这个地方了！你再这样下去，你迟早有一天会去抢的！"我还记得他那句话，我觉得他说的是忠告，我一直感谢他。

他放了我后，那天晚上我就在河边过了一晚上，不敢回家，不敢。

难受。没有家的感觉，被遗弃的感觉。真的没人会看得起你。睡的地方没有，吃的也没有。

那时候就是怕，生活都是怕。根本不敢去打人，也很少去打架。不敢去碰人家，看到治安队你就怕。他们像传说中的黑帮，你根本不敢动他。

我还记得有一次，我跟阿康（杨成康），我跟他两个人一共只有3块钱。炒了一碗河粉，给了3块钱。吃完后，我又把那3块钱给偷回来。

现在想起来真的很丢人，很丢人。（赵民显长叹一声）

你在这里，认识不到本地人，又没有暂住证，你很难呆下去。

后来就一直躲，一直躲。

那时我对深圳有种很复杂的感觉。就是为什么我在家就没有人查我，在家里我走来走去就没有事，来这里就经常被抓。

但我无法离开这个城市。这个城市太吸引人了。哪怕你没有钱，你走在大街上，都感觉自己很快乐。特别是夜市，红光十色、灯红酒绿。还有很多老乡都在那里。真的很开心，开心是开心，就是身上没有钱。然后就偷偷摸摸了。

游民

我跟阿康，锅都偷过，换了几十块钱。

没地方住，热天我都在阳台睡。后来到了冬天，太冷，就靠偷偷摸摸，偷到两百多元，就在燕川那里找了一个租房。月租70元，瓦房，没有灯，一张床。

盐也偷过。没有盐，就去偷盐。盐都是摆在架上，你顺手拿来就行了，没觉得是什么亏心事。

但那时我是不敢去抢的。我很怕，知道抢劫判刑很重。那时候立下的誓，不能去抢！

有时候有老乡去抢，我只是顺路看看。他们抢，一般都是开汽车，就是拿刀吓一吓人，被抢的一般就给了。

2003年之前我就去看了几次。但我怕，判刑重。抢不行，我还是喜欢偷。我并不是温江村最早在深圳混的，但他们不像我这么出名。看到他们那么有钱，你肯定要跟着。那时候我的目标，不是去偷偷摸摸、抢。我的目标要远一些，就是去“找个场子”。我要找个场子，像那些收保护费的老大那样，潇潇洒洒地过。

后来我遇上了钟哥，他改变了我的命运。

钟哥是燕川（注，深圳松岗的一个村）治安队的队长。

钟哥喜欢我这种暴躁的脾气，我也喜欢他那种暴躁的脾气。他那个脾气，说打就打，我很喜欢。他不算是老大，他上面有更大的老大，但是我们都很尊重他。我认识他时，他已很少出来混了，主要在做治安队。

他有几次叫我去开那个士多店，我说没钱。他说你有几十个人，每个人出100块都可以开一个店了。

■公明镇马路上的一个铁架子，从头到脚密密麻麻贴满了各种各样的广告。

■这位不知道从哪里来的年轻人，站在广告牌下的十字路口。年轻人看上去还不足20岁的样子，说不定出来外地打工已有多个年头了。

我想想：那么多人搞在一起，一个店也只能容纳一家人，那么多人生存不下去，所以就想把车站弄下来。

黑社会

我和阿康是在2000年时，控制了松岗汽车站的。阿康比我大一点，是我老婆的哥，冷静，有头脑，多数都是他在说，我在做。

那时候我就感觉车站会很有钱，比偷和抢要有钱多了。

像天等的车基本上都被我控制了。我还是挺有霸气的，做事都不讲理的，经常拿枪对着人的。

收保护费一般按人头收，是票价的10%。你今天的车费是80，我就要8块。我就帮你管理好这里的人员流动，很多车要进来，我就不给它进来。很多老板都很欢迎我们。我们那里很多南宁的车，你到天等要80元，但到南宁只要40—50块（因为是直通），你从南宁再到天等只要10块。这样不少天等人就不愿坐天等车了，所以我们不给南宁的车进站。

所以当时天等司机是欢迎我们的。我们不去，车站就乱了，那么多车他们控制不了。对我们来说，车站搞下来就有饭吃了。你别看小小一个车站，我记得春运的时候，总共我算了一下，每天差不多有八九万。平时比较少，只够生活费，一般都是两三百元。

车站的收益是我跟成康平分的。我们都是要干活的，司机把车摆在这里，我就跟他找客人，就像我们做服务员那样子。别的车进来，我们不给进来，所以还是有很多工作要做。基本上都是分配给那些在这里看场的。

司机也有不愿意的。但是对付他们，都很简单的事，不用拿刀了，就打烂了一台车。你修要花很多钱，他算算不值，只能交钱。

或者，我来软的，找了一些回家的朋友，把他们送上你那台车，说他们要回家。春运不给超载的，你几个人就占了几个空位，他又不敢说，不能不让我做。

所以我就不给他来硬的，我就给他来软的。所以就这样，一步一步的。

车站是我和阿康顶起来的。我们有时候也聊天：迷迷糊糊就给我们搞了一个车站。以前那些老一辈，那么多人想去搞都搞不到，迷迷糊糊就被我们两个搞下来了，哈哈。（回想这些时，穿着囚衣的赵民显还有些得意。）

也是在2000年在车站收保护费的同时，我就开始摆六合彩、摆老虎机。

老虎机能赚到钱，我摆了三四台，一个月千把元一台是正常的。

赌场也会叫人去看场。一般一人给100元。不过都是我的小兄弟去，我不去。

那时候收数（注，帮人用暴力手段讨债）还是很赚的，有时候能够五五分成。比如去一次收个十万，你就有个四五万。

有时候是装修，比如装修拖慢了，材料不合格，我就去处理（威胁别人），这些很赚钱的，你去一下都是三四千元。

与收其他保护费比，车站收入更稳定。有时候拿到1000多块，都是寄回家。每个人心里都是这种心态，想把钱寄回家，家里太穷了。

那时，家里欠了银行3万元。3万在农村，就是天文数字。那时钱的压力对我很大。那时候的感觉是，你还不了那个债，你永远没有出头的日子。

直到搞定车站后，我才把账还了。那个信用社很惊讶。

那时，我们呆在一起，并没有什么组织，只是他们觉得，很多事情都是我在说、我出头。我不是以老大的身份，都是以兄弟的身份和他们在一起。我们没有组织，都是靠个人。都是自己去找，大家都是兄弟，都是绑在一起。

记得当时我一般都不去迪斯高玩，经常都是在宿舍烧饭吃，我们都不去那些餐厅吃，都吃不起的。很节约，很心疼钱，上百元的都很心疼。那时候兄弟们聚在一起，大多数就是喝酒，只要是能喝酒就开心。最喜欢就是划拳。划拳很过瘾，就是在宿舍，喝酒划拳都很开心。有时候一百多瓶酒都喝光了。有时候民通那个宿舍，他把啤酒瓶一直堆，可以堆很高。

梦破

整个纠纷是车站的合同引起的。那时候我们的车站（收保护费）要转正（注，可以合法化了），结果有人要来抢生意，把成康的手筋脚筋砍断了。我就气愤，我就想干他们。

那时候我在老家，马上返回深圳。我说，这个仇不报，我就没法活了。那时我天天雷鸣登枪不离身。

我要去报仇的时候，对成康说，如果你现在要忍，（报仇）就一直拖。原来跟我在一起的兄弟，都不跟了。我都疯了。他们以为那个车站是我的，没有必要来帮。外面的兄弟都是这样，没有什么生死兄弟。

只有一个表弟许国定忠心，跟着我。

我很受不了失去饭碗的感觉。（如果被他们抢走，那我多年奋斗的）就真的是没了，就没了。

我以前一般都是把雷鸣登枪藏得好好的，那几天（注，指2002年

■车站等车。坐车的人提前几个小时就来了，也没处可去，大家都在周围找个地方坐一坐，整个车场都分好了区，分别标上了数字。

6月25日前后）我才放在房间里，派出所的人就知道了。但我那时候报仇心切，并没有去提防这些。那时，我的想法是：成康被砍了，如果我不搞出点事，人家就会根本看不上你，人家不会给你面子了，你也管不住车站了。

显然，对方搞定了警方，想用警方的手拔掉我。

那天晚上，他们敲我门。我知道他们可能是来查枪的，不开。他们开始锯门，我顶不住了，老婆一直抱住我，不让我开枪。那时候我就想：我要被抓了，就一定会进去三四年，我的车站也没了，我就这种心态，我放不下这个靠命博来的"成功"。我放不下……

我拿起了枪，对准了门口。老婆一直抱住我，不让我出来，不让我打，说不要不要。如果那时候我没有打（开枪），我估计会判三四年。

但我还是开了枪，派出所民警全部跑出来了，我就带着老婆冲出门口。（注，判决书显示，当时雷鸣登枪使民警何兆德及治安员陈永光被霰弹擦伤。）

我冲到楼下，下面有个摩托车店，有人伸头出来看，我以为是派出所的，想抓我的，我就朝他们开枪，打伤了一个人。（注，此人其实是摩托车修理店的员工李振平，他的心脏等多个部位被霰弹击中，经法医鉴定为重伤。）

跑出来是2002年，到被抓有13天。13天我又回去（广西），又回到深圳。

2003年我已经送来这里了（注，韶关监狱）。

以前，会算命的堂哥叫我不要出去混黑社会了。但那时候没有办法回头了。车站马上就要转正了。我说，快了，我车站马上就要转正了，我合同正在签了……但命中注定，我过不了那个坎。

影响乡里

我不同意别人说我是“砍手党教父”的说法。

我只是对老乡讲义气。那时，如果老乡有什么困难求我的，我身上有钱的，我都会给一些。其实经常跟我在一起玩的，只有四五个人，阿星（罗德星）、成康（杨成康）、国定（许国定）。

我很少让人跟我的，一般都是这几个人。表弟想跟我，我给了表弟二三百元，我叫他要去找工作。因为我没有要收小弟的心态。

我只是觉得是朋友，以前一起读书，在一起玩得开心，像他们没地方住，过来我这里都行。也管饭，有饭一起吃。没有说要带你们去哪里。

其实他们都很辛苦，就像我刚来深圳时，连找个地方住，都很难。我的出租屋有两房一厅，我跟成康一人住一房，大厅都睡满人，每个晚上至少有五个人。

我做了那些事，包括我进派出所、治安队，到现在为止，我还没有连累过一个朋友。我觉得我很难得。

他们很多都是知道我，但是我很少带他们出去干事。只是玩的时候、吃饭的时候，我就叫他们一起吃、一起喝酒。你说我带他们出来，我觉得我没那个能耐，哪有人带得了那么多人。

我的理解是，因为家里面的贫穷，看到我出来广东，当时不要说整个乡，就甚至是整个县，我都是第一个有私家车开的。车是2000年时买的，蓝鸟，我跟许国定一起买的。大家都觉得跟我会有钱挣。

我没有劝过哪个老乡来加入我们。他要去做，都是自己选择的，但家里人是知道的。

家里人也劝过我，除了那个会算命的堂叔。我回答劝我的人："如果我去挖煤矿，哪一天我被压死了，你就看不到我了。我去偷点东西，就算我出事了，我还能出来，你还看得到我。你希望我怎样选？"

反思

其实刚开始谁都不想走那个路，都是找不到工作惹出来的。橡根厂那时候是我们的目标，但是橡根厂也要工作12个小时，还要找熟人介绍，还要花点钱，才能进好的部门。

像我进去的那一次，进到搬运部，根本搬不动、做不了。像我们进厂，很难，真的很难。一个月下来也是四百元左右，工资很低。工资高的都是加班加到12点，每天都是12点、12点。

没有谁天生想去抢、去偷，都是后面看到别人有钱，心理不平衡变来的。风气就慢慢变成这样了。

像赵民贞、民通，刚来深圳时，找工作的运气就比我好。赵民贞的家庭在温江村里，是最有威信，而且是经济最好的。对一个刚到城市无依无靠的打工者来说，介绍是最重要的。他爸把民贞直接介绍进去了改机部门。民通进了开机部门，修理织机之类的工作。他们都成了很有身份的技工。

那时候，没有介绍，你想要靠自己去等，那真的很难。

我记得我刚来广州的目标，就是想赚几千块买部摩托车，回去做生意。我的目标就是这么简单、这么小。但是你找一份工作，真的很难，我托人，托了好多人，但是一托再托、一托再托。后来就没有希望了，后来就去打麻将出老千。后来就真得没办法了，就靠偷偷摸

广西边境，山的那边是越南。

■赵民贞夫妻俩在织带机的轰鸣声中忙碌。妻子主内，丈夫一般负责运货和接业务。

摸，一直到走上没法回头的路。

像我们这种农村出来、文化比较低的，对生活的欲望、对钱的欲望，本来都是很小的。像在家里什么苦都能吃，去挖煤矿更苦，很多人都愿意去挖煤矿，好多人都是死在那里面。他们一出来，也是想找份工，没有人说愿意去干那些。但是像你这种文化水平、这种意志力，你走错路，想回头就很难很难了。好像吸毒那样，他已经进去了。

现在我要回头，靠的是什么，那真的是靠意志，而且我还不能去那个地方了，还不能去深圳了，要远离。我一去，我一定很快会陷进去。因为底子已经在这里，只靠毅力。

你又不能脱离他们，你一辈子都不能脱离他们的。因为我们太近了，不是像电视剧拍的那样，你脱离就脱离，你到别的地方。

我最对不起就是他们（指父母、妻子和孩子）。孩子我真的很担心他们。老婆也给我写信、打电话，说他们很调皮。一想到家里，半夜起来就掉眼泪。刚进来的时候，一晚上有醒好几次，一醒来就想哭。

我最骄傲的就是有这个老婆。

坐牢了，我叫她走，太辛苦了。她说了一句话，我在电话那里就哭了。她说，反正走是不走了，再苦，几个人抱在一起，就这样过了。

我很内疚。让她等了那么多年。我什么都没有了，也就只有这个老婆，她在等我。

第六章　抢劫逻辑

——对话抢劫犯黄海清

受访人：黄海清

采访人：傅剑锋

地点：广东省北江监狱

时间：2011年1月12日

黄海清，1979年10月16日生，广西天等县温江村桑屯人。他曾于2001年11月13日被天等县法院以盗窃罪判处有期徒刑两年。2003年7月18日刑满释放。2004年10月21日再次因抢劫被捕。

2011年1月12日我采访中见到的黄海清，并未如想象中的凶悍。相反，他身材瘦小，眼窝陷进去并有眼袋，眼神常常不敢正视人，牙齿紧张地咬合着，像一只簌簌发抖的老鼠。也许是因为天气冷，也许是在害怕什么。采访完毕后，我买了件毛衣送他。

傅剑锋：你抢劫的原因是什么？

黄海清：感觉打工赚钱没这么快，抢钱会快一点。又去打工也做不来。

傅剑锋：你堂弟后来也走了你的路，你有没有想到？

黄海清：最担心像他那样，担心他不好好打工。我觉得他不会抢，我感觉他很老实，就怕他碰见的人不好。

傅剑锋：你以前也是个很老实的人吧？

黄海清：我以前也没想过自己会这样……

傅剑锋：你到广东之后就完全变化了，你自己总结是什么原因？

黄海清：打工找不到工作。我们没文化、没技术，各方面不懂，了解法律太单薄了。没有条件去培训。我们那里都很穷，都是干苦力活，到广东根本就找不到工作，进厂也都不会，好一点的厂都是要有技术的。

傅剑锋：我很感慨，你是在家乡时是很吃苦耐劳的，后来还是去

■深圳打工者的出租屋里，每到过年过节，小孩子是最高兴的。大家都来自不同的地方，虽然已经很熟络，但大家都分得很清楚自己是哪里人，是不是一伙的。

抢劫了。

黄海清： 干农活虽然苦，但如果能赚到钱，就感觉很好。赚不到钱，就没意思。

傅剑锋： 你会不会仇恨以前的工厂老板？

黄海清： 这些人（指城里的工厂老板）只想让我干活而已，不想给我们钱。他们瞧不起我们这些穷人的。感觉抢他们，没什么。

傅剑锋： 你抢有车的人也是因为这个原因？

黄海清： 是啊，感觉他们有钱。他们一般看不起我们穷人，抢他们感觉心里会好受点。

傅剑锋： 打工的人你们会去抢吗？

黄海清： 不抢。因为他们太辛苦。我们干农活出来的，也知道，赚钱很不容易。抢个打工的，钱又不多，一个月几百块钱，抢他，他也不想活了，甚至把钱看得比命还重。有钱人就不一样。就算几千块钱他也感觉没什么，一餐饭的钱，你说要他就给你，不会怎么反抗。

第七章　“做了黑社会，才找到做人的尊严”
——杨成康狱中自述

受访人：杨成康

采访人：傅剑锋

地点：广东省英德监狱

时间：2011年1月17日

杨成康，1979年11月出生于广西天等县上映乡温江村温屯，因抢劫罪、非法买卖枪支罪，被判有期徒刑十年。他于1997年赴深圳打工，曾多次失业，后渐与赵民显一起，进入深圳当地灰色社会，影响了大批天等县上映乡人，成为上映老大之一。在车站收保护费中，与其他帮派争斗中失势，被砍断手脚筋。伤愈后，参与持枪抢劫团伙。在抢劫了警察的家用小车后被捕。于2005年8月被判刑，一直服刑于英德监狱。以下是他的自述，标题为编者所加：

童年矿工

我家里比较穷，家里有一个姐姐、一个弟弟、一个妹妹。

1991年，也就是12岁时，我就不念书了。那一年我母亲生病，借了很多钱，念到小学三年级就没钱读书了。休学一年后才有机会读。到初中二年级

■拥挤的家，没有父母照看的孩子。

时，家里再没有钱交学费了，其实也就两三百元。

那时上学我经常带着一把半米长的砍刀，我们这里的小孩不少是带刀上学的。我们温江村人自卫意识很强。走出村口要带刀，在街上玩也要带刀。打架很正常。我上初中的时候也带过刀，带一把这么长（比画了一下，大概40厘米）的刀，放在箱子里，被发现了。所以班主任对我印象很差。

那时我也不喜欢去打架，但有威信，在班上至少有六七个人跟我。

当时我们那些村里不少人也去开矿（挖锰矿）。那时候我姐姐也去挑矿了。1995年，老爸为了给我买一辆单车，去挖矿，结果塌方了，还把他的一条腿搞断了。

后来我不读书了，我爸的叔就叫我过去打矿了。那时候还很小，什么都不懂，才17岁。

开矿很辛苦，钻到几百米的地下，是直洞。有一次我和罗德星两个人在采矿，一下子矿塌下来，就埋住了他，把后背脊椎搞断了。他后来在医院呆了很久。他现在也坐牢了，也是跟我一起，比我先被抓了。（注，罗德星是1981年1月5日生人，于2005年5月16日以抢劫罪被判13年。）

那时我们挖矿一个月只能赚五六百元，一天10—20元，睡就是在矿口搭个棚。是隔壁的大兴县的老板雇过去的。

那一天矿塌下来的时候，我站在这里，他拿铲，我拿汽轮车，刚好砸到他。那时候我想，挖矿确实很危险，又赚不了钱，我们就想去广东打工。当时想，去广东打工至少不会死人吧。

打工衰史

1996年春节后，我到了深圳宝安的松岗锦桥五金厂，打了3个月的工。这3个月真的，对我来说……真的不敢想。

我来到深圳只带了350块钱，车费150块，还有200来块，用了几天就没有了。我就去我堂姐那里借了500块。我那时还没有身份证，属未成年，就借了一个朋友的身份证。

那是五金厂，要焊很多东西，我就帮着拿着铁架，人家就焊接。电焊光看着眼睛就受不住了，也没有保护。那时我瘦小得像小孩一样，也和小孩一样无知，不懂得保护自已，就站在焊机边干活。有次我上夜班，到了凌晨三点，困得眼皮都抬不起来，怕被人说偷懒，就用手撑眼皮，都撑不住那个眼睛，就是想睡觉。到了凌晨三点半，我顶不住了，就找了工厂里的一个堆垃圾的地方睡着了。

就这样顶了3个月。

那时的工人宿舍，一个房间睡10多个人，两层的床，差不多10平方米大。但我不计较住。我睡过挖矿的工棚、家里破烂的瓦房，工厂这个至少算是平房。

就是吃的受不了。台湾老板很小气，饭菜很差，都是吃萝卜、南瓜、马铃薯之类的。

那时候一天12元，我第一个月拿了六七百块。那3个月里，每天工作12个小时，还不知加了多少班，才算拿到这份钱。

3个月后，因为要去定亲，我回家了。待到1997年农历四月，我又去挖矿挣钱。直到当年五六月份，我有了身份证，才敢再去广东打工。

这一次我进了马田的新兴橡根厂，但只呆了两天。我上班第二天晚上，下雨了，没有雨伞，我用一张工厂的胶布盖着头跑出来，被门口的保安抓住了。他没收了我的工牌，我的工作就丢了。那晚我一身都淋湿了，我走在马路上，天一直下雨，不知道去哪里住。

后来我又找过几份工作，都不顺利。失业的时候，最恐怖是被收容。那时1998年，我有一次在睡觉，出租房里，治安队的来敲门，我不开。治安队的居然敲破屋顶，从瓦上面钻下来，把我一顿暴打。

还有一次，治安队的人以查暂住证的理由，把我和一个老乡关在他们的办公室里打。被打得很惨，我们趁他们不注意，就从窗户钻出来。刚逃出来，就被本地人追上了，就被许多人按在路边打，用脚踢。我就在那里装死。到了半夜，他们就用摩托车，把我们扔到马田收费站那里。我们几乎是爬回住的地方的。

也在这一年，有一次我被送到宝安收容所，一进去就得打架，打不赢就没得睡。你打得赢就有被子盖，打不赢就没被子盖。那次是我跟赵民显一起被抓进去的，那时候就知道了：打赢了，有被子。

后来，在1998年我在锦桥厂找到了干五金的活。里面干活，一个月仍只有五六百元。有一天我上夜班，3点休息，我到厕所那个地方有块石板上睡觉，本来到4点就又要开工，太累了，我一睡就睡到天亮。醒来我回去，班长就把我炒掉了。

我也发现打工实在挣不到钱，就不想再找工作了。

荒诞“尊严”

没有工作，也就没固定的地方住。河边我都睡过，在深圳松岗罗田那个垃圾厂，捡了块海绵，撕成两半就睡在中间。那时候感觉很悲惨。

那时大的（指抢劫等来快钱的方式）你也不懂去搞，头脑就这么窄了，想到的东西就这么多了，只能去干一些下三滥的事情（注，指偷窃）。

下班高峰期，马路上显得更加嘈杂，货车喇叭、小车喇叭、公交车喇叭，还有摩托、电动车的喇叭响成一片。

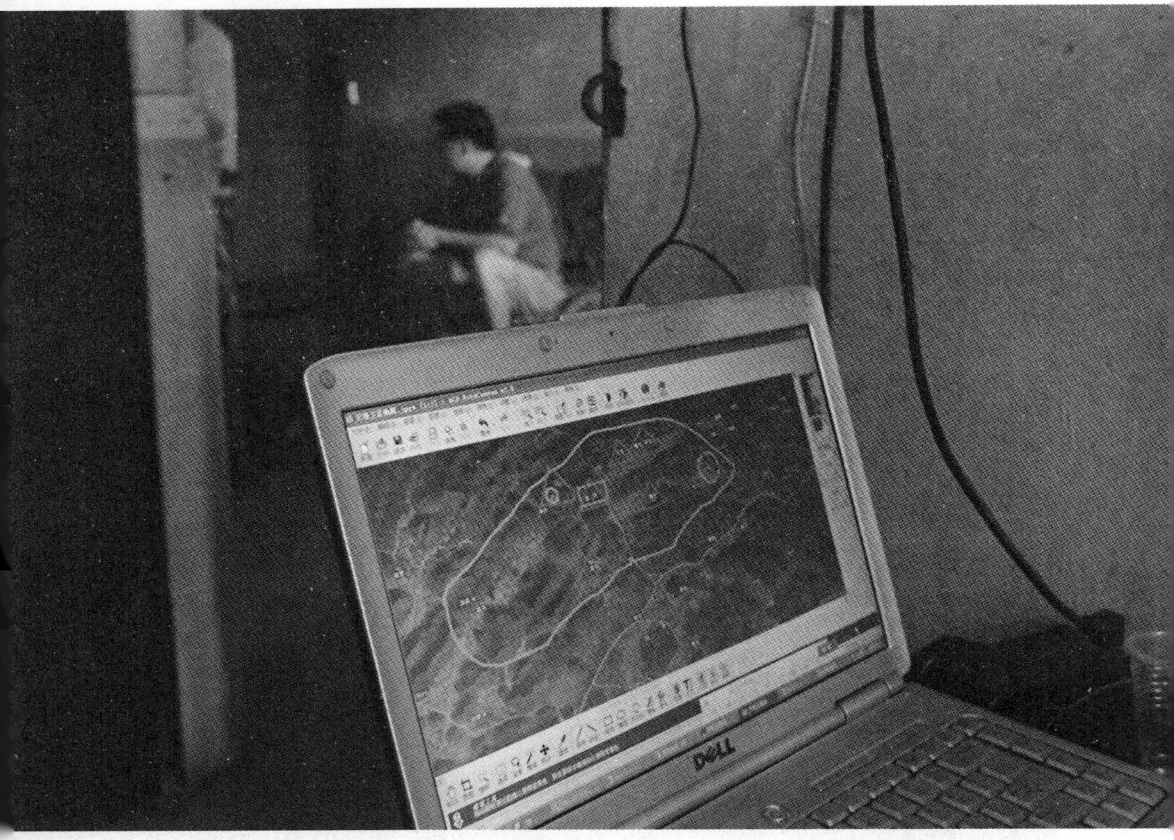

■在阿星父母的出租屋里，阿星的姐夫打开电脑，下载了电子地图，专门向我介绍整个温江村的情况。整个温江村由十个屯组成，据说打三角形的是抢劫犯罪比较严重的，重复画图形的是最严重的。山岱屯首当其冲。左侧两个屯的风气好一些。阿星的父亲在屋子里发呆。

一个人饿了，都不知道想什么了。

但那时候我不敢抢，没有这个胆，也不懂怎么去抢，抢了怎么去卖。

变化是从认识成星开始的。成星是广西老乡，我去他那边玩。他们开着摩托车，感觉“怎么那么有钱”。我们打工的，心态就变化了。你说一个打工仔，一个月五六百块钱，交了房租只有一两百块钱，吃喝用掉后一分都赚不到。但成星不用工作就有摩托车开。心态变了后，我记得第一次偷大件的东西就是成星教的。我们偷了一部豪迈摩托车，赚了两千块钱。

但是，说实话，我也想做个好人，想老老实实。我村里几个朋友，也是结婚、干农活，我也想这样过。但那时已经控制不住了，我接触了外面的世界，看到很多不舒服的东西，觉得自己怎么那么没用，都不知道要用什么方法挣钱。

后来就慢慢开始抢了，因为抢来的钱太快，更省心。第一次抢应该是在1999年，赵民显买了那部小车，我们就开那个小车去拦住摩托车来抢。抢的时候心里也怕。毕竟我们也被收容过、也进过派出所，所以担心被抓到。但是也没办法，赚到钱了就不怕了。

广西玉林的老乡阿龙，对我也是很重要的。他后来帮我引荐了治安队的钟哥。

阿龙在江湖上混的很久，但也混不出什么名堂，胆子也不是很大，也不敢去做那些大（抢劫之类）的事情。但他聪明，有人脉，把我们介绍给了那些有地位的人。

我们跟着阿龙开赌场，或者倒卖走私车，或者开车去撞人家的车，然后勒索人家的钱财。那时候去燕川立足之后，民显也买了一部小车，抢夺手机也能赚到一两万块钱，就买了一部小车，后来就去抢摩托车。

经过阿龙，我和赵民显认识了钟哥。钟哥是燕川的一个治安队长。认识钟哥后，我们就开始立足了。

通过钟哥，我们已经在公明跟本地势力很熟了，每一镇的治安队的人都认识，赚钱就很容易。一些本地的老大经常叫我们去打架看场。

那以后，我们再也不会被查暂住证了。公明、松岗的治安队、地方老大都认识了。钟哥、阿龙面子比较大，我们跟着他们，地位就上去了。

所以，老乡如果因为没有暂住证被抓，我打个电话给治安队，他们就会放人。

我们那些在外面打工的老乡，就感觉有了一点地位。我到燕川有立足的地方之后，才找到了做人的感觉。以前的生活，真的不敢想象，狗都不如，很狼狈。做了黑社会，才找到一点做人的尊严。

车站暗战

1999年底过春节的时候，松岗车站的长途车费涨了，劳务费也给很多，随便一辆车就有1700块钱可赚。那时候从松岗到天等，没人统治、你争我抢，平常的车费是七八十块，到春节过年时就已涨到了两三百块钱。

我们搞定了车站后，找些办法把那帮拉客的全部赶走了，不给他们进来了，就只留下天等和南宁的车。我们把车统一起来之后，价钱就高了，车费就上来了，正常的话就是150块。那些车主不用去抢客人，随便进去就可以拉客，价钱就提高了，他们一车就给我们一千多块钱，我们派人过去看，上多少客，收多少钱。

有一次松岗的湖南帮，派了几部车进去不给钱，他们就给我打电

汕头市潮南区路灯下的兄弟们。

话，说有几百个人在那边。我们就开了两部车过去，带了十几二十个人，下车就拿自己搞的雷鸣登枪朝他们打，他们就跑掉了。经过了这次之后，我们的名声就开始起来了。

那时候跟着我们的许多都是老乡，估计有上百个。以温江村青年为主，但基本上整个上映乡的青年都有。因为我上初中读书，很多人都认识，都过来跟我在一起。跟着我们的人中，有的人还在打工，有的人就不打工了，他们看到我们地位的提高，看到我们的变化，也想出来，也觉得打工赚不到什么钱。

当时跟着我们的就二三十人，核心成员就我和赵民显两人，比较忠心的是我的表弟许国定。

那时，可能是有些港片的影响，看那些古惑仔片。我对那个郑伊健比较喜欢，他那时候就留那种比较长的头发，我和民显的发型就是跟他学的。

那时车站一发生事情，赵民显就会给我打电话，我就告诉他怎么处理。民显和我处理事情的方式不一样，他这个人很夸张，动不动就用枪（赵民显说，他生气时会冲动地拿枪指着对方的头）。我不一样，我会用其他方法去解决。

有一次车站冲突，赵民显就说要去把那些人砍了，我说也是我们叫几个人进去，吓唬他们一下就算了。我不喜欢用太暴力的手段解决。

赵民显比较强硬，但是跟我在一起，他比较听我的。

表弟罗德星那时也已经跟着我。他以前在锦桥厂打工，后来看到我们在外面玩得好，就不想干了。

你说一个打工仔，一年也赚不到钱，又没有一点社会地位，在外面玩也受本地人、有钱人欺负。他就出来，跟我一起，也找到了做人的感觉。

后来到2002年的时候，我们能够合法化了，能够签正式合同了。有人就想抢这笔生意。他们就派人搞我，绑架我。

2002年5月18日，我在710车站的天桥下面的饭店吃早餐，还没吃完，就有3部车在外面等。几个人抓住我和阿武（注，张振武，后也因抢劫被判刑）把我装到车上去。

我们被拉到观澜，关在一座荔枝林里的小房子里。我一开始以为他们要把我埋了，因为听到他们拿铁铲的声音。到了半夜三四点，我就用牙齿把手上的东西解掉了，我和阿武逃了出来。有3个人守在那里，他们在后面追，我们顺着草丛跑。那草很高，我跑不动了，他们就追上来，几棍打过来，把我们打晕了。

第二天（2005年5月19日），他们又打了我们一顿，就又把我们放在车上，打我们。然后放了阿武，他对他们没有什么价值。

后来就把我拉到光明农场的一段路上，他们把我按住，手这样绑住，脚也绑住，三四个人压住，就一刀刀砍下来，砍了好多刀。右手的大拇指，前面的一截已经掉了，后面的一截还接着，没完全断。他们一开始把我眼睛蒙住，后来放开了，我一打开眼睛，就看见两只手已经烂掉了（注，右手大拇指自指根以上被砍掉，左手大拇指处有两道明显疤痕，一大一小，大的长约七八厘米，小的长约五厘米）。

我一站起来，感觉怎么走不动，一看，两只脚也被砍了。一只脚的脚筋被砍断了，另一只砍在边上。到现在我走路也还痛，脚趾知觉没有那么好，上楼可以，下楼不行，来监狱又把我的脚医好了一点。

那时有治安队刚好过来。我躺在地上，起来走了两步，我一走，脚又断裂了一些，就倒在地上，又晕过去。治安队的一开始以为："这是一个女的！"我那时头发还很长，他以为是个女的。

后来我被送到沙井医院，那里是接筋骨的。第二天民显赶到了，

■阿星与狱警。

他就为我打抱不平，他也知道砍我的那帮人。那帮人砍了我之后，第二天还找那个老板要把那个合同给退掉。赵民显就不同意，从钟哥还是哪里拿到一支枪就准备干。我说民显你不要搞。我当时想，等我医好后，很多事情我要自己去摆平，不想牵连他。但民显还是落入他们圈套了，他最后被抓了起来。

匪帮人生

2004、2005年，我伤好后又到了深圳，和农学波等十几个人去抢劫，来钱也快，一天花掉几千上万块的也有。因为我对生命看得比较轻，所以对钱也看得不重。

我看轻生命，是和爷爷的死有关。

我爷爷1997年死的，69岁。那时他病了一个星期，没有钱治，我老爸就找当地的赤脚医生来医，没什么用。那天老爸还在那里跟那个医生吃饭，爷爷就在床上躺着喊痛，叫了一下午。我爸爸、叔叔、那个中医都不去照顾爷爷。我很疼我爷爷，我就骂他们。我自己过去看，不到两分钟，爷爷叫了两下就没气了。

我站在旁边看着他就这样死去，我心里很难受。他把我带大、养大，跟他从小睡到十几岁，他对我的影响很大，我对他有很深的感情。觉得人的生死就这样，就这样死了，很轻，非常卑贱。

从此后，我把自己的命看得很轻。

以前，我是不吃K粉的。但2004年伤好后，我除了想报仇，对其他的都不在乎了。我就跟着陆明业、农学波（均已因抢劫罪被判死刑与死缓）他们一起嗨，想要放松。

那一次之后，路就越来越远。家里也根本不想了。2004年我出来了，就开始开赌场，有时候去抢车。

我戒备心比较强，要不然早就被抓了。深圳公安局那边不是放风出来说要杀我吗？那时候我很多兄弟被抓进去了。公安局认为那些人都是我带出来的，搞出很多事情他们也很气。其实不是我做的，也算到我头上来。

比如罗德星被抓的时候，公安局的人在罗德星的宿舍里设了网，要抓我，以为我会去他家。后来我就叫了那些小孩子去，他们把那些小孩子抓起来了。我知道，我就走了。

我们那时候有百来号人。大家都在公明镇合水口村那边，大傻（注，许树锦，已在与警方的枪战中被击毙）来组织的。很多事情我不参与，但是他们也很尊重我的意见。比如怎么赌呢、怎么分钱呢，都需要一个过程，需要人来解决。一天赌场也有十来万的收入，但是人多，也分不到什么钱，晚上又要拿去吃、拿去嗨。

下面那些人你控制不了，在那里玩的人你控制不了，又不是组织，都是散的，你最多能控制跟你一起的这几个人，其他人到处去抢你怎么去说他。

那时兄弟们聚在一起就去嗨、一起去喝酒。那时也没有害怕，就是不懂得想。不懂得想后果呀之类的，只沉浸在那种享受当中。

“致富”压力

在监狱里，我反思了很多。我和赵民显带出来很多人，不管是直接还是间接，我们确实影响了他们，确实影响了整个乡。比如那些青年都很尊重我，都很听我的。

现在我在这里想，我出去怎么办，怎样用我那种影响去让那些青年走正道，能够改变他们。

在家乡，后来甚至有了抢劫捞钱的风气。他们是一群在家里没事干，在广东又没有工打的年轻人。钱挣不了，什么都干不了，你就怀疑自己，就会去想：怎么一点骨气都没有？

在家乡，家里人基本上都知道我们在深圳干什么。反正有钱拿回去，也不管我们在那里干什么。

但是这是一种很封闭自私的思想，一直到现在都没有转变过来。我们坐牢出来，基本上都懂了。

比如我感觉，我对我们乡的损失有很大的责任。但是，当时我对家乡的官员也很失望。他们没有给农民引导方向，除了会收这个费收

栅栏内的打工者。

那个费。

我亲弟弟，算是我最亲近的人。我一直都让他在厂里打工，不能出来“玩”。我也知道，如果我出什么事情，弟弟要照顾家里父母。所以我一直让他在厂里，他那时很羡慕我出来“玩”，现在是我羡慕他能过正常人的生活。

我们这些人也没有考虑过在城市的长远打算，就是过一天算一天。

所以抢劫时一般也不会考虑什么后果。

在我们村，为什么大家一样穷，有的还在好好打工，而像我这样的人，走了歪路。我也常常在想这个问题。现在，我很羡慕那些还在打工的老乡，但当时，我不会这样想，也没有这个条件去打工，没有技术，没有关系，要去工厂里拿1000来块的工资是很困难很困难的。

那时，如果我每月能赚1000来块钱，我绝对不会走上那条路。辛苦我也不怕，从小就吃苦。但是你说让我，每个月只有四五百块钱，工资发下来还不够花，这叫人怎么过?

那时我的思维也窄，欲望上去，人就懵了。除了会打工，就只能学人家干那种来钱快的东西，就走上这条路了。

第八章　“抢劫是会上瘾的”

——农学波狱中自述

受访人：农学波

采访人：傅剑锋

地点：广东省韶关监狱

时间：2011年1月13日

农学波，1982年9月5日生人，广西天等县上映乡温江村气屯人，小学学历。因多次持枪抢劫，于2006年8月28日被东莞中院以抢劫罪判处有期徒刑14年。

在狱中采访时，农学波的两颊突出，脸上仍隐隐有凶相，但言谈坦率。他早年在深圳时碰到的遭际与赵民显、杨成康、黄海清并无二致。以下是他的自述摘要，标题为采访整理中添加：

流民心态

我们气屯是温江村十个屯里最穷的，离村小学最远的。由于气屯离温江小学太远，我们屯的小孩一般都是早晨5点起来上学。早上天还没亮就起了，老妈天天都送我，走的都是泥路。下雨时，泥巴甚至会深到膝盖。

到小学四年级，我就不读书了。16岁，我跟着爸爸去打矿。穿直井下去，有七八十米深，分成3层。那个矿死了很多人，是抢矿时被炸药炸死的，我一个表哥就死在里面。

矿里没有什么正规的排气系统，用鼓风机把风吹进去换气。

那时，我也不懂得害怕，叫我去我就去了，挖得灰头土脸的。但是，怕也没用，为了生活有什么办法。

挖矿太危险，2003年，我二哥带我到佛山的鞋厂。那个厂的工作是有毒的，一天要工作十几个小时，但一个月扣除伙食费后，只剩300元左右。后来我就不想在那里做了。

从厂里出来后，我的生活就没有着落，有时就睡在桥洞下面。

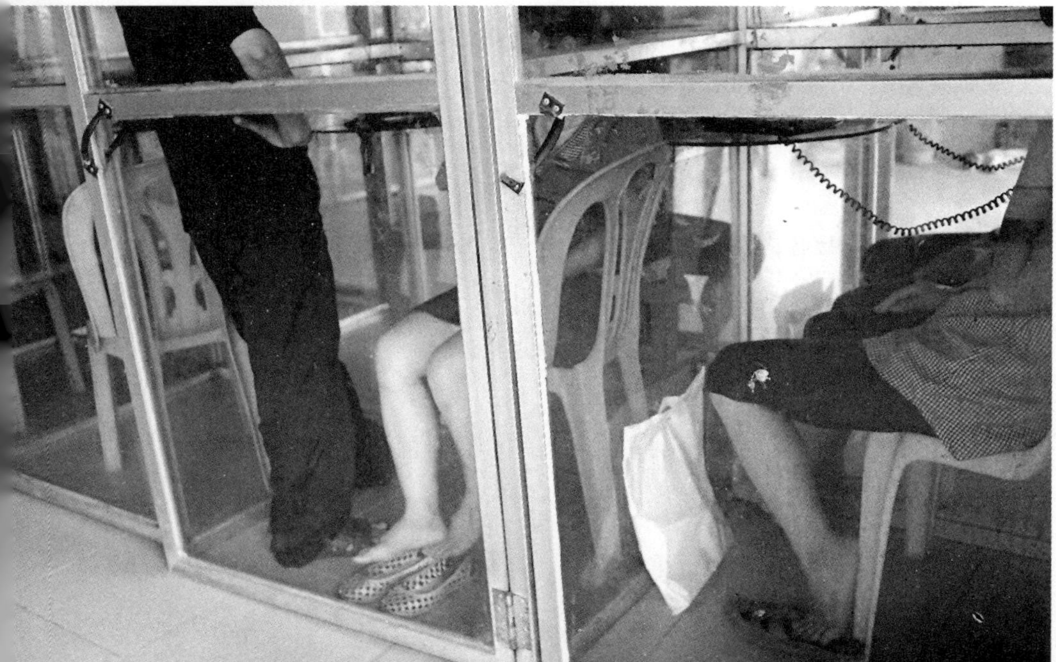

公明镇上的公用电话店生意不错，年轻人在小隔间里打电话。

有一次，我睡在公园里面，第二天，我还没醒，就被治安队抓了。最后我被送到清远收容所，当时身上只有20元，我费了很大波折，走了很远的路，才回到佛山。

我还前前后后在家办了三四次身份证。在东莞桥头镇，晚上没地方住，治安队就把我的身份证没收了。有一次治安队甚至毫无理由地把我的身份证抢走，然后收容我。

我们也知道那些治安员是乱来，但没有办法。那时候找不到工作，动不动又被查，又被抓起来，干脆就不找工作，就这样玩了。

所以，从2001年到佛山至2003年到深圳，我能正经在工厂里面打工的时间就只有4个月。

停不下来

流浪的那段时间，主要是找老乡蹭饭蹭住。

第一次抢记得是在公明镇的一个公园里，抢那些情侣，能抢到什么就抢什么。

那时候也不会有什么愧疚的。我们根本不知道什么叫道德。不知道的，抢到东西才是真的。

一起作案的基本上是小学同学。他们每个人都是进过厂、打过工、失过业，然后凑在一起去抢劫。

那时我们住在深圳公明一带，喜欢到东莞去作案。离住的地方太近作案不好，到东莞开车20分钟就到了。

抢劫是没有计划的。有时候你今天还有钱，你就不用去（抢劫）了，有时候你钱用完了，你就去（抢劫）了。有时候玩在一起，心情一来，啊，就去开工（指抢劫）。

那时候我们开了几个赌档。5月份我一个人输得最多，输了十五六万元，所以也去抢得最多。

赌档开在深圳，都是跟兄弟一起开的。我们就是愿赌服输，你赌多少赢多少，你就走，我们没有说，你赢了，你就要留下。认识的人我们基本上不会下手。

我们抢了不少餐馆，主要是看外面。看到那些有戴项链的、戴劳力士的、戴钻戒的，我们就进去，说："大家都不要动，配合一点。"我们也不打人，你要是反抗，我们就没办法了（注，指开枪）。

谁都不敢反抗，几把枪对着你，像警察抓我们时那样，我们也不敢反抗。

我们一般都是凌晨作案，12点以后那些路车比较少，直接开到180公里时速，200公里时速，警察就是追，他也不敢开那么快。

去抢时，刀随便夹在哪里，进去就拿出来。雷鸣登枪大概有40厘米长，就用手拿着，直接从车上拿进去。

我们一般不蒙面，就戴个帽子，也不是统一的帽子，都是随便戴。衣服也是随个人爱好。喜欢穿运动鞋，跑得快。

枪都是买来的。我最后一支手枪，就是我那一次我赌输了，我就回家，去越南买来的。

我们在抢的过程中，没有被警察追过，他们也谁都不敢追。

抢的时候，我没有过恐惧感。一下车什么都不怕，手里面有东西（注，指枪）谁都不怕。

抢了钱后，我们都是平分，也没有谁占谁多一分。我们也都只是朋友，我们都不分老大或者小弟。钱也不可能寄回去的，都是拿来玩呀、喝酒呀，都是到迪厅那里去。

中越边境。

印象中玩得最嗨的，是最后一次，我们在东莞的东泰娱乐城。总共有40多个人，有10多个女的。警察冲进来后，女的全部放了，剩下的10多个人就被逮了。那次如果没被逮，会花掉一万多块钱。K粉、吃药、麻古，毒品基本上全试了，上瘾就谈不上。女人也玩。和打工比，简直是一个天一个地。所以那个生活享受过，再去打工是很难的。是人都不会去了！就像吸毒一样，你说回头那是不可能的。

抢劫是会上瘾的。想停，但停不下来。抢来的钱，有时候一晚上花几万的都有。我们抢一次，抵得上打工老乡四五年的积蓄。

我们玩时，打工的一般都不会叫，我也不可能把他们带上走这条路。我有几个堂弟在外面，我都叫他们去找工做，不能这样去抢，有时候我也骂他们。那时候在深圳我租了几个房子，他们没地方住，我们帮他们租。

我们在外面，等于说生命一分钱都不值。

所以我抢到了钱，一天花几万块都不可惜。大家根本都不管明天，大家都清楚，出来玩，一旦出了大事，钱有没有花完，照样是没有用的。有钱就花，有多少花多少。所以当时会在夜总会被抓。

（问：回想当时，你应该是一个很彪悍的人吧？）

也不是说彪悍，我很脆弱的。我们在老家时，村里人都说我是斯文、老实的，出来了，就没有办法了。

第九章　身上还有5颗子弹的受害者

回忆起九年前中弹那幕，李振平仍有余悸。

2002年6月25日，李振平在光明新区楼村派出所对面的摩托车修理店才待了十几天，就被逃亡路上的赵民显的霰弹击中，肠子穿了13个洞，体内7颗子弹至今仍有5颗没取出。

那天晚上六七点，李振平刚吃过晚饭，见到对面派出所门口有很多摩托车，把整栋楼都围住了，并不知道发生什么事。李振平已经把卷闸门拉下，正准备关中间的小门时，有三四个人冲进来，其中两个是警察，把他撞倒在地。当他刚站起身，子弹就穿透铁门击中了他，当即倒地。

那个时候，厕所里已经躲了五六个人，有师傅，有警察，有治安员，他们当时都怕。李振平大喊了一声，大家知道他中弹了，然后赶紧送到公明人民医院。

其母李成香回忆，在那天晚上，她的记忆是2002年6月10日的晚上8点，正在做菜，刚把菜倒入油锅，有朋友过来说，你儿子中枪了，当时李成香完全不敢相信："哪会有这样的事？"

那天，离李振平来深圳还没满十天。就在枪案发生前的一天，17岁的李振平还和母亲李成香吵了一架："我想回去读书。"

李振平到医院，才意识到自己中弹了，他痛苦难忍，躺在病床上叫父亲打死自己算了。

李振平来自湖南安化县。这是国家级贫困县，他所在的村庄因为太穷，很多男性娶不到老婆。村里很多年轻人就到浙江、广东这些富有的地方开赌场、抢劫。李振平的小学同学，就因抢劫有一人被判了死缓，三人被判无期。这其实是另一个“温江村”，这或许是赵民显当时所难以想到的。

李振平伤得太重了，公明人民医院说治不了，便送往宝安区人民医院。宝安医院也无法取出体内子弹。李成香想为儿子的命运赌一把，他请医生给儿子取子弹。医院最后取出了打在心脏的一颗子弹，和差不多穿过肾的一颗子弹。医生说，幸好没有打到血管，否则死定了。

■松岗车站。早晨，松岗车站很是繁忙，但是大部分车都不在此停留，而是开到前面100米的加油站停下来。在车站等车的会有人专门带路去上车。因为最近这一带管得很严，被抓了一批，罚款从3000到30000元不等。

而剩下的5颗，1颗在肺部，4颗在盆骨后面，因为没钱至今没取出来。

刚做手术时，公明镇政府给了一万元。后来，由于没有手术费，母亲李成香就天天去找镇政府，他们给她搞烦了，就和她签了一个协议：不准上访、不能闹事，就给两万元了事。

赵民显应该赔偿17万元给李振平，这是深圳市人民法院下的判决。2003年1月22日，深圳中院作了强制执行17万元的执行书，但一直无法执行。李振平认为赵民显当时并非没有能力赔。他说，他们一家还恨赵民显，赵家从来没有道过一个歉，也没来医院看过一次。其母李成香回忆，当时赵民显的妹妹曾来说过，可以赔3万元，但要他们撤掉附带民事赔偿。李振平认为，这说明赵家当时是有钱的，只是不愿赔而已。

李振平出院后的几年里，常常只能吃稀饭。现在肠胃也不好，上厕所也要半小时以上。

李振平现在结婚了，有了孩子。他们一家东拼西凑，为他买了一辆泥头车以供谋生。

在广西开泥头车的李振平，拉一车泥可以挣到大约10块钱，他一天一般拉三十多车。除去油钱和维修费，一天就所剩无几了。

李振平的哥哥李振加，也受这次枪击案冲击改变了命运。李振加高考一完，就到深圳来照顾正受伤动手术的弟弟。结果，军校的录取通知他没有收到。错失这一良机后，他只去读了湖南一家民办大学。在家里因弟弟的病情欠债后，他就辍学到深圳打工了。

现在，他们租住在公明楼村的一套30平方米左右的小房子里，房租330元，加水电大约是600元/月。李振加说："我们家的命运因为弟弟而改变，所有引起这场灾难的是赵民显，所以，以前我非常恨赵民显，他的枪改变了一切，夺去了我们最好的东西。"

但后来，李振加对赵民显的恨慢慢减少了。他说："像赵民显这样的温江村年轻人犯罪，与环境造成的不公、报酬的不公有关系。"这几句是他在深圳打工的酸苦中体味到的，像他这样自认为有不错的工作能力，但由于不是本地人，在工厂上升的空间就会很窄。他认为这会引起许多打工者的失望和愤怒。

但李振平的儿子却与父辈有着一样的心态。这名七岁的孩子已在一家公立小学上一年级。我问他："你会讲白话吗？"他答："不会，我只会讲普通话。"再问："你白话都不会讲，你会把自己看作深圳人吗？"他答："我是深圳人，我在这里生，在这里读书，我当然是深圳人。"他们班上，还有湖北、湖南、四川等各地来的外来工子弟，约50人，他们都把自己当作"深圳人"。

附录

去做与这个时代相衬的事

——《城市里的陌生人》采访手记

2011年7月7日深夜，难以入眠。

凌晨两点，我打开电脑，在微博上写下了几句感慨之言："这是个令我感动的夜晚——观察五年、采写三个月的稿件（后发现，算错了，其实是采访了三个月，写作了两个月），在冷藏了四个月后，终于在今夜签发了。这是对中国的新生代农民工犯罪何以占城市犯罪1/3的观察，这是对'永远跳不出打工这个圈'的两亿劳工的观察，是对那些走向失败人生的个体的观察。感谢南方周末，感谢所有接受我采访的人，静夜里深深感谢！"

这组稿件就是《城市里的陌生人》系列。在此基础上，我又写出了中长篇的非虚构作品《"砍手党"的城乡之路》。

此前，我经常自问，作为媒体从业者，我们能写出与这个伟大而复杂的时代相衬的东西吗？能真正为记录、解释这个时代提供有分量的东西吗？能把"易碎品"做成经得起时间与思想检验的东西吗？

在过去时代，曾有不少颇具历史自觉与公共情怀的记者，写出与时代交光互辉的东西。而我们，虽身处于信息奔涌与新闻力量都超越其它任何时候的时代，却也迷失于浮躁、跟风、追逐新闻泡沫的庸常中。所以，我时时以反省自励，我不敢说我是否做到了他们的万分之一，但以此高标为志业。

■独自一人在家的奶奶，年逾八十。自从阿星出了事，就再也没见过阿星的模样。拿着阿星的照片，奶奶一个人走到有天光的角落，一言不发地看着。阿星父母很早就离家打工，与兄妹三人相依为命的是这位年迈的奶奶。奶奶总是想省钱下来寄给阿星。阿星的姐姐说，你老这么省会搞垮身子，这样就等不到阿星出来了，要对自己好一点。

一

六年后的《城市里的陌生人》与《“砍手党”的城乡之路》，产生于六年前一则令我惊惧的新闻。

2004年底至2005年初，珠三角多地的社会治安陷入混乱。对此现象，比较中规中矩的解释是，随着2003年孙志刚事件后，野蛮的收容制度被废止，但新的城市流动人口管理制度没有跟上。警察在孙志刚事件中因犯罪受到惩罚，打击了整个警队士气。内外两大问题一结合，就造成治安失控。

但当时我隐约感到，这种解释没有击中要害，即为什么有那么庞大的流动人口犯罪数量，他们从哪里来，他们怎么想，他们为何不去诚实打工？此类问题，才可能是解释城市犯罪更为基础性的。

也是在这个当口上，深圳公明马田村的闹市砍手抢劫事件爆发——打工者余富兵的手被抢劫者当街砍落。此后不久，广州天河又有一女工的手也被抢劫者当街砍落。后来警方破案，得知深圳“砍手党”都来自广西温江村。其时，南都记者丰雷采访了一名“砍手党”成员，看了这则报道，我突然意识到，以前困惑的那个城市犯罪的基础性问题，也许可以在这个案例中找到若干答案。在犯罪者与丰雷的对答中，最令我震惊的是“整个村庄的年轻人都出来抢劫”的信息。如果真如其所言，那这座村庄非常值得研究。这座村庄，与深圳这个城市，必然有一种可揭示这个时代病的隐喻，这是我当时的直觉。

所以，我必须去这个村庄看看。但其时，心里其实是害怕的。因为我不能不去那些犯罪者家里采访与观察，并统计犯罪人数。担心揭其家丑，一言不慎就被砍了。

2005年1月，我去了温江村。这样的乡村极少有外人出入，找普通村民难以沟通，须要去寻觅乡村精英才能沟通。在一般农村，乡村精英就是小学教师与村干部。直接和村干部联系犯罪者的采访，显然容易让他们反感。所以，我决定绕着走，和温江村小学的教师们，更易沟通。我很快被老师们接纳了，同吃同住数天，甚至为学生们上课，讲授城市的世界与知识的梦想。发现这些孩子基本是留守儿童。老师们告诉我，“砍手党”中的年轻人，曾有是留守儿童的。老师们还告诉我，不少所谓“砍手党”少年，都曾是老实单纯的乡村少年，80%以上小学没毕业就到深圳去打工，有的甚至不会写自己名字，“他们往往只能找到最差的工作，所以也最容易去干坏事”，这是老师们的解释。

经过数天，我慢慢融入到这个村庄中。发现这些村民并非是我所想的那样凶悍，他们多数人淳朴、善良。他们最大的痛苦是贫困与无知，在这个人均月收入只有几十元的农村，只有两条出路，要么去附近县挖矿，要么去广东打工。挖矿时死了不少人，有些年轻人的选择是，“打工挣不了钱，挖矿是死，抢劫是死，那还不是抢劫死划算。”

于是，我慢慢明白，我所要去揭示的，或许是巨大的城乡差距背后的乡村贫困。

我的善意终于赢得了村支书冯成金的理解与信任。

这是一位快乐善良的老头子，对越战争的战斗英雄。他带着我一家一户去见那些在深圳抢劫被抓的家庭，这些家庭的破败贫困令我震惊。这些犯罪者往往在开始时打工，后来渐堕落至抢劫。但抢劫并没有使他们富起来。相反，被抓或被击毙后，其家庭更陷于贫困。冯成金让我看铁盒子里厚厚一沓逮捕通知书，向我长吁短叹：“这些小伙子，在家都好好的，为什么到深圳就变成坏人了呢？”

听之一言，如引我路。这些犯罪者不只是乡村贫困的问题，他们

■隔壁连加村的老支书和温江村的老支书一样，儿子被抓进了监狱，自己带着孙子孙女过日子。据证实，连加村跟温江村一样，村里被抓进监狱的不下50人。据说现在连加村犯罪的势头甚至超过了温江村。

的蜕变定与城市环境和打工生态有关。

也在其时，我走到村口，看到一位帅帅的小伙站在树下，穿着很都市化，一看就是在外打工回来的。就过去和他聊天。果然，他是刚从东莞的五金厂里辞工回家的。他就是后来我在报道中的主角阿星。

之后，“砍山党山村”的报道在《南方都市报》刊发了，不少人震惊，也开始反思城市如何善待农民工的问题。也有网友去温江村，帮村里修起了公路。阿星也经常给我打电话，说起对未来的苦闷，我一一尽己所能地帮他解答。山西法官卫彦虎看到我的报道后，致电称可以帮阿星找这样的工作。这使我以为，事情一切在朝好的方向发展。

二

但我把世界想得太美好了。2005年7月，阿星从深圳给我打电话说，他杀人了，因为辞职时老板拖欠工资、扣押身份证。原来，就在何磊采访他的那一个小时前，他刚刚洗干净血衣，并从容自如地和何磊交谈了一番，何磊居然没看出端倪。在电话里，我告诉他，你现在杀了人，你当然可以逃，但你会一辈子不安生，你这辈子也许不能再见你的父母兄弟了。但你也可以去自首，承担你应该承担的罪责，法律尚有可能免你一死。他被我说服了，哭了。他说，城里人都歧视他们，我是他唯一的城里人朋友，他相信我，我在电话那头顿时泪涌。那天，他从汕头逃到了深圳公明镇。这个城郊工业区，是他五年前最早到的打工之地，也是他最熟悉的地方。他的父母就在那里打工，但他不敢电话联系他们，直到走进派出所自首那刻。

在自首前那刻，我因在北京无法陪同，南都记者姜英爽陪其去派出所。

2005年7月，我在《南方周末》头版刊发了《阿星的内心挣扎》，呈现了一个打工少年之杀人事件的内心剧变与农民工生态。

然而，我的内心越发不安，我总以为我是有责任的——没有把阿星从善恶边缘拉出来，虽然我尽力了。与我有同样内疚感的是法官卫彦虎。他曾想帮阿星找份“8小时的工作”。但还没等卫彦虎帮他找好工作，阿星就杀人了。此后，卫彦虎经常给我打电话，他和我一样都内心歉疚。我们俩没见过面，是电话里的朋友。但很长一段时间里，两人像得了强迫症一样相互劝慰，但又被深深的无力感所攫住。

那个7月，迫使我直面残酷现实，追寻阿星杀人更深广的原因。我意识到，影响阿星的犯罪同乡，和阿星一样都不是天生犯罪人。他们都是从农民工出身，其犯罪基本发端于生存型犯罪，然后部分人慢慢转向职业化犯罪。其犯罪的群体症候，绝不可能只是一个村庄的病症，而是与整个中国农民工群体的病痛相关联，与他们在城市中的处境是关联的。但那时并不清晰，阿星、犯罪同乡、打工同乡乃至整个农民工群体与城市之间的具体关联该如何建立。

到了2010年，已是阿星自首后的第五年，阿星的身影与形象仍会不时从心头闪过。五年，中国的农民工群体已扩张至两亿，中国的经济已跃至全球第二，而这两亿农民工，正是“中国模式”最重要的基石。但他们并没有随着整个国家的富裕而改善命运，他们在更高的通胀更大的基尼系数中挣扎求生。

也在这一年，富士康员工连续跳楼事件爆发。我意识到，这不只是富士康的问题，而与整个新生代农民工承受的绝望与痛苦有关。这些连续发生的跳楼事件，也只有放在整个群体的生存状态中，才可能更清楚。随后在我的策划下，记者杨继斌与实习生刘志毅写出了卧底富士康调查，清晰地呈现出新生代打工者的死与生。这次报道使我又一次想起阿星。

阿星是2001年到深圳打工的。打工五年，被关五年，整整十年。新世纪的十年，中国的乡城发生了更为惊人的变化，新生代农民工的问题有了更多亟待化解的危机。十年，关在里面的阿星，和在外面打工的阿星的家族，他们如何走过？他们与这个时代，有哪些命运相联、苦痛同感之处？我希望把这些问题清晰化，给他们在这个时代的命运作一次总结。

于是，我下定决心要做一篇以此为目标的报道。

2010年10月，我停下了手上的编辑工作，开始全面进入准备工作。在这方面，南方周末给予了大力支持，还有同仁诸君都给予了我慷慨支持。同事杨继斌、李梁、王刚帮我顶了整整五个月的编辑班，想起来真是感念莫名。在我有了这一想法后，还得到了一直关注与推动公民权利研究与写作的千禾基金会的多方帮助，其负责的刘小钢、王津津女士令人感念。

这是一个庞大的采访计划，我预计要采访阿星本人，影响阿星的赵民显、杨成康“砍手党”教父，以及其他犯罪骨干。要采访与他们斗争多年的深圳警方。这是为了清晰地了解他们犯罪的相互影响模式，以及他们从打工者到犯罪者的转变过程中，共同的社会生态因素和心理因素。我还计划要采访阿星家族的诸多人物，了解他们这十年的打工生活，采访他们所在的工厂，了解他们对于自身命运的观感。

我还计划要详细调查汕头，特别是阿星生活过的深圳马田村的社

赵民山的家。赵民山被抓后，妻子改嫁。家里的一个女儿和一个儿子由爷爷奶奶养着。刚开始碰到他女儿，问她爸爸妈妈什么时候回来过，她说不知道。弟弟一见外人就跑。她在家里做中饭，爷爷奶奶下田干活。问她想不想爸爸，她的眼泪哗哗地流下来。

会生态，并要求自己以人类学的一些研究方式去观察，那个城中村隐含了这些人在城市里发生转变的各种要素。美国社会学者的《街角社会》的研究方法，直接对我的采访起了引导作用。我的老朋友刘开明博士，也在采访前期建议，农民工的生存困境不是在某一方面，而是存在于整个社会系统中。于是，我去学习了社会学中的社会排斥理论的分析框架，以使自己在采访中有更可靠的理论工具。

但我不只是想研究他们在城市里的生活。事实上，城市的生活与农村的经历，在他们的身上是统一的，在他们的命运里是相互作用的。所以，要解释他们的行为与命运，就不能不观察他们的故乡。于是，我须去观察温江村的大量年轻人被卷入犯罪的过程，去观察其所在的上映乡的状况，还要去观察其所在的天等县的特征，以及广西与广东这十年的人力与资本流动的各种要素。这方面的计划，我比较深地受到了社会学者曹锦清《黄河边上的中国》的宏观方法论与贺雪峰研究农村的中观方法论影响，也受教于费孝通《乡土中国》的观察方法——从乡村细节与普遍事实中，提炼出其背后的理论模型、一般性特征以及事理逻辑。想以一个村庄的人的命运之变，去写2亿农民工的现状，也必然是要写那些既有特独故事性、但又有普遍性隐喻的事实真相。

唯此，才能见个人命运，见时代背影。

我从未有过如此庞大的采访计划，不清楚能否驾驭得了。在胆怯之时，我唯有深深呼吸，让美国学者海敦的那句话在内心盘桓："新闻事业不仅仅是一门职业而已，它还是一种召唤，就像人们感到宗教神职对他们是一种召唤一样。"

三

2010年10月的采访，是从阿星父母所在的深圳马田村开始的。我一直无法忘记五年后重见阿星的父亲闭伟宝这个场景。他把我接进了马田村高架桥旁的一间25平方米的出租屋。一走进房子，就感到房子在和高架桥上呼啸而过的大卡车在轰轰共振。就是在这间出租屋里，他说念想着阿星，他说他们一直活得很艰难，阿星父母，还有阿星的姐姐一家，弟弟一家，共七口人生活在这间出租屋里。而闭伟宝，这个1992年就进入深圳新兴橡根厂工厂的第一代农民工，在2008年金融危机时，被这家他工作了16年的工厂辞退。

听毕闭父的这番讲述后，我知道我最初设定的方向没有错误。

我也开始慢慢了解这个城中村的社会结构。马田村处在加工业很发达的深圳公明街道。这是一个在深圳，乃至珠三角都很有代表意义的城中村。该城中村本地人口一千余人，租住在此的广西打工者约两万人，其中作为阿星同乡的温江村人200人左右。这是一个典型的同乡村，这样以老乡聚居为特征的“同乡村”在深圳有数千个。闭伟宝在这个城中村已居住19年，但他自称没有一个本地人朋友，也从未拥有过这个城中村的社会管理方面的任何发言权。他觉得他和老乡们都是被本地人排斥、压榨与歧视的一群。而本地的村干部也坦言，他们不愿直接和这些打工者打交道，认为他们“素质太差”。在这样的情况下，像闭伟宝这样的“外地人”，唯以抱团自保。他们在这个城中村里，有着农村社会所具有的一切社交网络。但他们的交往是封闭与排斥的。当地的警察甚至告诉我，温江村那么多聚居于马田村、合水口村一带，但如果他们的同乡犯事，无一人会作招供，老乡间从未出过一个“叛徒”，甚至也从未安插进一个警方特勤人员。

■阿星老家。与奶奶一起度日的是一只从别处跑进家来的猫。一辆玩具车停在角落。

但另一方面，这样的乡土社会的城市“飞地”，是不论是非只讲家族利益的，其正常工作的老乡群体的社交和犯罪同乡的社区都在同一网络中，并没有清晰的界限。钱，是老乡网里的唯一宗教。只要犯罪不是对内，而是针对城市，并不会受老乡网舆论的谴责。同时，犯罪产生的利益，也极有渲染性，其犯罪情绪会快速在老乡网中蔓延。于是，我开始理解阿星“逃不出老乡这张网”的感叹。

这类网络，产生了以地域与血缘联系为特征的“地域性犯罪”，按有关统计，占了整个中国刑事犯罪的1/3。这类网络，也因受城市的歧视，积攒乃至蔓延着仇恨。有时一根小小的导火索，都可能酿出城乡间的族群大冲突。后来发生在广东潮州的古巷事件、发生在广州增城的新塘事件，就是在城乡边缘的打工同乡聚居区爆发的族群冲突。

对影响阿星的犯罪者，以及温江村的抢劫者，我必须要做全面的统计，并抽取最有报道价值的个案进行深掘。其基础性的工作是找判决书。在这方面，广东省高院出于对农民工犯罪问题研究的支持，提供了部分罪犯的判决书。但我认为远远不够。我徘徊在曾判决过多起温江村人抢劫案件的深圳宝安区法院门口，忽然灵机一动，法院附近有那么多律师事务所，说不定有不少犯罪人的辩护资料。于是，我一一拜访宝安法院附近的六七家律所，还真找到了一些曾经代理温江村人抢劫案的律师，有一位律师更是曾代理该村的十数起抢劫案，终得以见相关的司法文书。

以这些司法文书为基础，我确定了可采访尚在服刑的温江村诸人，有阿星，以及影响阿星犯罪的教父式人物、堂叔赵民显以及杨成康，还有抢劫骨干黄海清、农学波等诸人。对服刑犯人的采访，一般

中秋节、中元节和新年是一年当中家乡人最重视的几大节。老闭的出租屋里已经好久没有这么热闹了。阿华说以前家里情况比较好的时候，每逢过节会请亲朋好友到家里来吃饭，家里挤满了人，很热闹。这时老闭会做一桌拿手的家乡菜。

是很难被批准的。我可以去说服官方的，唯一依凭就是我的诚意，以及这个报道对于农民工犯罪治理以及农民工权利改善的公共价值。非常幸运，广东省司法厅表现得很开明，该处的宣传负责人认同我的判断与忧思，转而介绍我认识了广东省监狱管理局的宣传负责人。令我惊喜的是，我在网上搜到，这位监狱局宣传负责人曾非常严谨地调查过广东多所大型监狱的农民工犯罪问题，其论文曾获司法部表彰。与他的交谈一拍即合，他认可我这篇报道可能产生的公共价值。然后，就是写采访申请，按照审批流程作漫长的等待。

在等待监狱局回复的过程中，我去了温江村。这是五年后的重返。五年时间，温江村最大的变化是，路变好了，但贫困、教育的落后并无改观。乡村内部，随着越来越多的打工者长年定居城市，乡村的衰败相比五年前更甚。

这五年时间，令我震惊的是，温江村的年轻人因犯罪被抓了近半，所以五年间犯罪增长极缓。但相邻的连加村，其犯罪总人数已超过温江村。温江村的故事，以同样的方式在连加村重演。我走访连加村，与该校校长的一番对答令人难忘。该位校长告诉我，当他想去劝阻在外抢劫的堂弟时，堂弟讽刺他："哥，你跟我到深圳去，天天去帮我数钱。数上一星期，那时我不让你抢，你都要恨我了。"这些贫困的乡村，当其面对富裕的城市里，其欲望与价值观也被放大和扭曲。以致有一名上映籍打工者和我说："抢在我们那里并不是一种羞耻。只要你有钱，大家都会尊重你。甚至你抢了，还有人会说，你这是用命去换来的。"

而随着大学生找工作越来越难，农村人也越来越不相信"知识改变命运"的说词，在温江村、连加村，有多名读了大学的当地人，最后还是跟着父母去深圳打工。所以，现在即使义务教育免费，还是有不少孩子在初中、甚至小学还没毕业时就辍学去打工。

到了2011年1月份，对多名监狱犯人的采访终于被批准。我第一个见到的是阿星，他令我印象最深的是，在临走时，他自嘲："以前在外面，我一直想找一份8小时的工作，没找到。后来进入监狱，却反而找到了，每天只改造8小时，之后的时间可以打乒乓球或者看书。"他说的这种荒谬感，使我直觉般的意识到，这句话应该作报道的结尾。

在狱中的教父赵民显，他非常不认同是他和杨成康带坏了村里年轻人，他认为是复杂的外部环境造成的，他认为自己去犯罪，是因为当时他受到太多的歧视与不公，且又找不到工作。杨成康与他的说法相似，杨成康还说，他们以前在城市里过得没有尊严，后来当了"黑社会"，才找到做人的感觉。他们所指的"黑社会"，最初是他们控制的长途汽车站。第一批犯罪，都是在收保护费中逐渐培养的。他们讲述了这个车站惊心动魄的黑帮争夺战，以及对阿星与村庄大量年轻人的影响。乡村青年大量卷入犯罪的过程，由此有了颇具说服力的呈现与解释，也呈现出城市的社会排斥系统如何作用到城市犯罪的整个过程。

3个月，我遍访与阿星杀人事件有关的所有当事人与知情者，也遍访"砍手党"的参与者、警察、官员，还有大量村人、普通工人等等。至少有250人接受了采访。后来，又有范承刚等一批实习生成了我的助手，帮我一起整理采访资料花了整整一个月，采访记录逾25万字。

我最后所得到的，比我预想的要多，也比我预想的要沉重。

然后是艰难的写作过程。材料与采访如此庞杂，必须要理清叙述的逻辑链。这个逻辑链其实是简洁的，主线是两条：阿星的经历与心理变化，影响阿星的"砍手党"成员们的故事，背景是阿星的家族和其所处的城市、乡村与时代。在写作上注重每个人的行为动机、性

城市中的乡村女孩。

格发展、命运轨迹和外部环境之间的因果关联。这样，才能达到见人物、见命运与见时代的目标。

这篇报道并没有立即刊发，其风险、版面与刊发时机，一直在安排中。一直等待至2012年6月下旬，广州增城新塘的农民工聚居区，爆发了大规模的族群间冲突。这次冲突之后，广东省高层对农民工的生存状态、社会管理和如何更好地融入城市，提出了新思路。农民工问题，乃至农民工犯罪问题，又一次成为舆论焦点。而《城市里的陌生人》系列，选择了踩在了这个节点上刊发，以引发公众、城市管理者在这方面更深广的思考。《“砍手党”的城乡之路》也得以进一步发掘。

四

报道刊发后，仍有一个群体是令我牵挂难已的，那就是留守儿童以及其受教育问题。

中国留守儿童的数量已逾5800万。由于留守儿童的父母们常年在外打工，他们往往只能被放在农村受教育。在温江村，以及整个天等县，都有大量留守儿童。

温江村有很多心理孤僻、连老师都拿他们没办法的留守儿童。许多孩子已经两三年没有见过在外打工的父母。在父母看来，回家看孩子的费用太贵，宁愿少回家几次。一位打工者和我感叹："对打工的人来说，回家是件奢侈品。"这导致乏人管教的孩子产生犯罪倾向。少年犯罪案件在当年乡村呈上升势头。尤其是砍手党"教父"赵明显的孩子，才二年级，但因为乏人管教，脾气很差。他告诉我，每天都要和同学打架，他觉得周围同学看不起他，他就恨他们。后来，我拍了孩子的照片送给狱中的赵民显。他看着照片就流泪了，他说"就怕

温江村里的一天在早晨6点已经开始了。

孩子变坏”，“就怕孩子再走他那样的路”。

但我所看到的是，二代农民工的孩子，感受到的城市诱惑更大，感受到的不公平更直接，自小人格与心理养成比他们的父辈更差。但这些人在四五年后，就将进入青少年期，他们一定会在那时离开农村去城市，在城中村里与老乡们聚族而居。

我已经采访到不少小学还没毕业就去打工的温江村童工，他们在城市、工厂被折磨的经历，就像不少“砍手党”成员从打工者变成犯罪者的过程。他们玻璃球般的梦想很快会被现实击碎。

我在再度采访温江村时，也见到了已退位的老支书冯成金。我很惊诧地发现，他的儿子和几个侄子也因抢劫被抓了。当年他陪着我一家一户去犯罪者家中采访，现在他也成了犯罪人家属。我在越来越多的采访中，看到这些宿命的轮回。我意识到，对农民工的城市制度与文化不改进，这类恶性循环与轮回就难以终止。

我心之所忧的是，如果再过五年，城市对农民工的社会排斥体系还是不拆除，工厂的劳工保障状况还是不改善，政府与社会如果还是不给二代、三代农民创造融入城市的条件。他们的第三代还是没有上升的通道与阶层流动的可能。那么，这种后果可能是灾难性的。他们这个群体爆发出的破坏力，会远比二代农民工的犯罪大。我更担心，贫困被代际传递，阶层被代际传递，仇恨与不公平感代际递增。在城市的边缘地带，在那些农民工聚居区，将四处存在大规模群体冲突的隐患。

这是每个中国人不愿看到的。

我和我所在的媒体，之所以去揭示这其中的危机，是希望社会应给这些中国城市与中国经济的奉献者们，以更多的机会公平，以更大的人生尊严。我是无力的，我们每个人都是无力的，但当无力者心之所向，汇流成共识与善念时，那就可能改变现实，催生善政。事实上，至少广东的官方，从广东省到广州市多名官员的讲话中，他们已经意识到解决这一问题的紧迫性。笑蜀所言的《我所恐惧的城乡战争》，或许将因权利状况的改观而化解……

我不清楚这是不是过度的乐观。

我有时会幻想，我站在了乡村的树下，或站在了像河流般由上下班打工者汇聚成的路边，看到了他们一朵朵的脸庞，如乡村坚韧的野菊，生发在城市的四野，疲惫但有希望，不再受排斥与歧视之苦……

夜晚，乡村摄影师话语

2005年刚来广州，拿着相机从城中村回来，一位朋友非常惊讶："哇，你的胆子太大了，竟然敢把相机拿在手上，要是多走两条街肯定就没了，说不定你的手都没了！"这是我第一次听说他们，一群以砍手抢劫为业的人。那时我不知道傅剑锋已经去过"虎穴"，更不知道就在不久前阿星刚刚砍了管工25刀，抢了400元。2007年，我在南方周末工作一年了，同时拿到四川美术学院摄影专业硕士学位。也就是在这一年，我和傅剑锋第一次合作，走进了城市边缘流浪的少年，三年后这一组摄影以《恶童》之名在香港出版。2010年的时候，傅剑锋问我有兴趣去做一组关于打工者的摄影吗？也就是这时候开始，从广州到广西，从城乡结合部到中越边境，再到深圳、汕头周边的小镇。一路走来，我与一个村的男女老少交上朋友，他们的故事却以一种让我意想不到的方式在慢慢延展开来。城乡之路上，我上千次的按下快门，将今天中国的某一个切面留存在影像里。又是三年过去了，我和我叫做"傅老师"的老乡，再一次合作出版这本关于打工者城乡之路的书。

我出生在乡村，到每一个乡村，我都感觉是回家。无论这个村子离我的村子有多远，我都觉得我是这个村子的人。2011年12月7日，我与阿星的姐姐一同回温江村喝阿海的喜酒。按照村里的惯例，二叔一家也应该回村里喝酒，不过他提前去找了阿星的父亲，送了礼金，没有家人回来祝贺。这样的处理方式在乡村是需要非常谨慎的。阿华说，婚礼还不会怎么样，要是谁家有丧礼，那村里的同宗亲戚都必须回家，不管路多远、花多少钱。因为别人家办事你不回去，你家以后出事也不会有人来。堂弟这次就是与叔伯兄弟九个人一起回来的：父亲三兄弟夫妇，加上阿杰他们三兄弟。他说其实也很少回家，有时一年一趟都没有，太远了，路费太贵。这次坐了一天一夜的车，凌晨5点到村子里。这就是乡村的伦理，无论你给予这个村子怎么样的符号，这里的所有人还是在按照他们的价值观婚丧嫁娶。阿海的婚礼办了一周，婚礼前两天，同宗叔伯兄弟该回的都回来了。平时空荡荡的村里立刻变得很热闹。从头天晚饭请村里人开始，到阿海岳父那边30多个同族亲戚过来喝酒，还有各种亲戚朋友到来，家里熙熙攘攘，灯火通明。这几天我跟他们家的成员似的忙碌着，参加关于婚礼的每一个细节。

婚礼那天，村里月亮好大好圆，明亮如镜。

第一次去村里，拿了一个大大的相机。好几天，几乎没有把相机拿出来。和一群村里人聊天时候，猛地拿出这个东西会把大家吓着。再次去到村里的时候，我特意准备了一个很小的相机，像玩具一样，很多时候村里的小年轻也喜欢来拿起这个玩具自拍一下。婚礼期间，我成了整个村子的乡村摄影师，为亲朋好友们拍大合照、全家福、新婚照、朋友照，甚至有老人家穿戴整齐，正襟危坐的请我拍最重要的相。很多时候我听不懂他们的方言，但是我看得清楚大家脸上的笑容。在村里我开始听到越来越多的故事。阿星的姐夫是隔壁村的，中考时班里第三名，考上电专。村里人都很羡慕，因为很多考上这个专业的人毕业后，都找到了电力、水利等部门，工作很不错，大家都觉得他很有出息。结果，他不但没找到正式工作，反而成了村里人奚落的典型："读书有什么用，你看，第三名的结果都是这样！还不是下广东来打工。”几番求职未果，看到周围许多朋友都靠抢劫过日子，活得很潇洒，比如他同村的朋友一个晚上靠抢劫分赃得了5000块，于是他也心动了，打算加入一起干。他对我说：谁都会心动，不用上班还出手阔绰，也不会被抓。到后来，越来越多的人被抓进去了。不过，大家只是觉得那些人因为笨才会被抓。听着故事，我才发现，今天村里的70后除了已经死掉的，大多都在监狱里面，在外头混的都是80后甚至是90后了。

很多年前，我在浙江东部的城乡结合部里跟着一个唱戏的班子拍照片。夜戏散去，演员们还没卸妆就困得睡着了。有一次，在海南岛对面的雷州半岛边缘，我和一个高三的孩子交上朋友，他们一群小兄弟喜欢在凌晨的时候在海边打篮球。太阳半浮在海面上，男孩的喘息声此起彼伏。有一段时间，我跟着一个患有白血病的女孩子回到她广东西部的山里面。好几个夜晚，我和14岁的小姑娘睡在一张床上，偷偷看着她和枕头边的芭比娃娃。2012年的秋天我在美国路易维尔大学举办个人摄影展，我忽然发现我的照片几乎都是中国东南沿海2000公里海岸线上的故事，都是那些生的坚强与死的挣扎，我怀着生命的悲伤与困惑，在这个不太完美的世界里拍摄不安的人生。夜阑静，无论故事还是生活，都因为感恩，而让我感到平安。

摄影师　安海波

后记

这本书的写作，是对中国农民工灰色生存的六年多观察与采访的积累。

仅仅2010年至2011年的采访，就超过300人，采访笔记的整理就逾30万字，很多朋友为我的采访与写作提供了至关重要的帮助与建议。回顾整个采写过程，不由感念顿生，一种艰辛与冲刺，若没有你们的帮助与鼓励，不可能有这本小书。

首先我要感谢我的妻子潘晓凌。她本人是一位出色的特稿记者，更是善于激励人心的我的家里领导。她给了我一次次鼓励，在行文上对我提了很有价值的建议，她是我的报道与书稿的第一读者，是本书的坚强后盾。感谢你，亲爱的妻子。

我要感谢我亲爱的合作伙伴安海波。她是广东财经大学的摄影学者，也是一位极富人文情怀的摄影师。她曾经花数年拍摄、帮助广州流浪儿童。在我开始采写农民工灰色生存一书后，她和我一同去广东各大监狱采访，去深圳、广西温江村等地拍摄。她和温江村人成了朋友，她以悲悯的镜头记录他们的生存。她的摄影完全可以独立成书。她的作品与本书文字相得益彰。非常感谢与你的合作。

我要感谢早年与我一起关注此案的前同事姜英爽、丰雷。

我要感谢千禾基金会。经江艺平老师介绍，本书得到了千禾基金会的学术支持。不管是江艺平老师，还是千禾基金会的刘小钢老师、王津津老师，都给了我不少鼓励，以及耐心的期待。

我要感谢前东家《南方周末》。在2011年本书的采访期间，这份宽厚与崇尚专业主义的报纸，允许我半年内只做这一件事：采访与写作。我回馈给了她一组叫《城市里的陌生人》的报道，以及这本书。

我要感谢在采访中为我提供了大量辅助性工作与采访整理工作的前南周实习生，他们有的已成为南周的才俊，有的已成为业界的新秀。他们分别是范承刚、陈铁梅、向婷婷、王媛媛、冯飞、钱文迪。感谢你们。

我要感谢在写作遇到困难时为我提供了可贵建议的朋友邓科、李海鹏、关军。

我要感谢在农民工问题的研究上给我诸多鼓励的江艺平老师，香港大学的钱钢老师、香港大学的徐建华博士与吕大乐教授。我要感谢为本研究提供学术帮助的当代研究所学者刘开明博士与中国公安大学靳高风教授。

我要感谢在采访中提供了诸多支持与相互信任的闭文星一家，我要感谢温江村的人们。我们从相互怀疑到相互信任，到一起去探究苦难与悲伤，去探究解决的可能性。

我要感谢提供了大量公共信息支持与采访支持的政府机构。它们是广东省监狱管理局及下属监狱，广东省司法厅、广东省高级法院、深圳市公安局光明分局、天等县公安局，以及深圳的律师事务所，尤其是周德智律师。是你们的帮助与善意，才使本书的资料能够坚实，能够从个案延伸到更广阔社会的思考。

我要感谢杨锦麟老师，他在百忙中为本书写序，智慧雄辩，一腔情义，晚生难忘。

最后，我要感谢本书的责编刘志一老师，本书出版历经曲折，他一直尽心而为，方有本书的出版。